小时候是姥姥拉着我的手往前走，

长大了是我拉着姥姥的手往前走。

从来也没想过终有一天我们俩是要分手的，

而且是姥姥先松的手……

姥姥语录

典藏本

倪萍

著

中华书局

图书在版编目(CIP)数据

姥姥语录:典藏本/倪萍著. —北京:中华书局,2013.5
ISBN 978 - 7 - 101 - 09269 - 1

Ⅰ.姥… Ⅱ.倪… Ⅲ.回忆录 - 作品集 - 中国 - 当代 Ⅳ.I251

中国版本图书馆 CIP 数据核字(2013)第 062652 号

书　　名	姥姥语录(典藏本)	
著　　者	倪　萍	
责任编辑	宋志军　焦雅君　聂丽娟	
特约编辑	陈　倩	
出版发行	中华书局	
	(北京市丰台区太平桥西里38号　100073)	
	http://www.zhbc.com.cn	
	E-mail:zhbc@zhbc.com.cn	
印　　刷	北京瑞古冠中印刷厂	
版　　次	2013年5月北京第1版	
	2013年5月北京第1次印刷	
规　　格	开本/880×1230毫米　1/32	
	印张8　插页16　字数98千字	
国际书号	ISBN 978 - 7 - 101 - 09269 - 1	
定　　价	36.00元	

目录

开篇

心到就好

　　写本《姥姥语录》是姥姥生前我俩就说定了的。

　　记得第一次跟姥姥说这事的时候，她那个只剩下一颗牙的嘴笑得都流出了哈喇子："人家毛主席说的话才能叫语录，我一个大字不识的老婆子说的些没用的话还敢叫语录，那不叫人笑掉大牙？"

　　躺在姥姥床上的我也笑翻了。你想嘛，一个只剩下一颗牙的人还说"笑掉大牙"，多可笑呀。

　　我跟姥姥商量："是现在写，还是……"

　　姥姥接话可快了："等我死了再写吧，反正丢人我也不知道了。光着腚推磨，转着圈丢人，你自己丢去吧，反正你脸皮也厚。"

　　"你可别后悔呀老太太，你是作者之一，咱俩联合出版。刘鸿卿、倪萍，我把你大名写在前头，稿费咱俩各一半儿。"

　　姥姥眼睛一亮。

　　想起十四年前写《日子》那会儿，姥姥陪在我身边，我坐着写，她站着翻，我写一张她翻一页，可怜的姥姥翻半天也不知道我都写了些啥，偶尔给她念一段，她还常常制止："别为我耽误那些工夫了。起早贪黑地写能挣多少钱？"

　　"一本书二十二块。"

　　"那还真不上算，写这么些个字才二十二块，连个工夫钱都挣不回。不上算，不上算……"

呜，姥姥以为我一共才挣二十二块呢！

只剩一颗牙的姥姥忧伤地望着窗外："咳，俺这阵儿要钱可是一点用也没有了。天黑了，俺得走喽，俺那个地方一分钱也不用花……"姥姥知道自己要走了。

前年，活了九十九岁的姥姥真的走了，我的天也黑了。

姥姥是我家的一杆秤，遇到啥事上姥姥的秤上称一称，半斤八两所差无几。

姥姥走了，留下了秤。

姥姥的秤有两杆，大秤、小秤。她的大秤是人人都可以称的，叫公家的秤，是以大多数人的利益和公平为准星的，小秤是自家的秤。大秤、小秤的秤砣分量相差很大。

我也曾让她称过《姥姥语录》，姥姥说："上大秤称也就二两吧，咱家的秤能称个十两八两的。"

在姥姥的眼里，家里多大的事上了公家的秤都是很轻的分量。姥姥说得真准，现如今图书市场那么繁荣，好书有的是，一本小画书真的也就二两吧。但我还是拿起笔写了，因为姥姥语录得张贴出去。

姥姥的语录当真那么需要让外人看看吗？列出三十个题目后我也茫然了。真像姥姥说的那样，字里字外都是些"人人都明白的理儿，家家都遇上过的事儿"，有必要再唠叨吗？

稿纸放在桌子上，每天该忙啥忙啥。怪了，常常是忙完了该忙的事就身不由己坐到桌前往稿纸上写字。几天下来，满纸写的都是姥姥的语录。

这些萝卜白菜的理儿，陈芝麻烂谷子的事儿，我怎么那么念念不忘呀？是我老了吧？是我跟不上这个时代了吧？可是认识姥姥的人，熟悉我的朋友见了我总是问起姥姥，提起姥姥语录。

敬一丹每回见了我一定有一句话是不忘的："姥姥还好吧？"只是一年比一年问的语气迟缓。

去年主持人"六十年六十人"在浙江颁奖，她又问："姥姥……还……好吗？"我说："不好，走了。"一丹说她始终不敢问，是因为姥姥快一百岁了，问候都得小心翼翼。

中午吃饭，张越、岩松、一丹我们坐一桌，又说起了姥姥，说得一丹大眼睛哗哗地流泪，其实我们说的也都是些白菜萝卜的事。张越说"三八"百年庆典，她就想请姥姥这样一位普通百姓做嘉宾，我心想，如果姥姥在，她那些小得不能再小的事拿到全国观众面前，不就真成了姥姥说的让观众"笑掉大牙"了吗？姥姥说："人最值钱的就是知道自己几斤几两，没个分量你往大秤上站站试试？那个秤砣动都不动。"

白岩松也是。去年我和他去上海参加《南方周末》二十五周年庆，回来的飞机上我们又说起姥姥。一路的飞行，一路的姥姥。飞机落地了，姥姥还在我俩的嘴边挂着。

岩松说："有学历的人，不一定有文化；没学历的人，不一定没文化。"临说再见，他还嘱咐我："倪姐，快写写姥姥吧，我们需要姥姥的精神。"

我咬着牙不写姥姥。

《南方周末》希望我开个专栏专门写姥姥，为此他们的副主编和张英还专程来北京找我说这个事儿，我也始终没有动笔。这些年本子上胡写乱划了很多字，但很少写姥姥——近乡情怯？不知道。这是我最爱的人，是我最了解的人，也是离我最近的人，可是落在纸上却常常模糊不清，好像我就是她，她就是我。

随着姥姥的远去，我充盈的泪水逐渐往心里流淌的时候，想念灌满了我的灵魂，我开始寻找姥姥。家里每一个角落、每一样东西都是我们和姥姥一同拥有的，现在这个人不在了，我找不到了。

可是冥冥之中，姥姥又无处不在。

我知道，我是一直不敢找！我知道，还用找吗？姥姥一直都在我心里，在我的灵魂里。不用想念，姥姥没死，走了的只是那个躯体。

我开始和姥姥说话了。

儿子说："妈妈，这几天你老说山东话。"

"是吗？"

我知道，不是我在说，是姥姥在说。

I.

遗憾就是专门留下的……

天黑了

姥姥说："天黑了，谁能拉着太阳不让它下山？你就得躺下。孩子，不怕，多黑的天到头了也得亮。"

姥姥走的那年春节我还跟她说："挺住啊老太太，使使劲，怎么着咱们也得混个百岁老人。"

姥姥说："有些事能使使劲，有些事啊就使不上劲了，天黑了，谁也挡不住喽！"

"姥姥，你怕死吗？"

"是个人就没有不怕死的。"

"那你这一辈子说了多少回'死了算了'？好像你不怕死，早就活够本儿了。"

"孩子你记住，人说话，一半儿是用嘴说，一半儿是用心说。用嘴说的话你倒着听就行了，用心说的话才是真的。"

"哈哈，老太太，那你这一辈子说了半辈子假话呀？"

"也不能这么说。你想啊，说话是不是给别人听的？哪有自己对自己说的？给别人听的话就得先替别人想，人家愿不愿意听，听了难不难受、高不高兴。这一来二去，你的话就变了一半儿了。你看见人家脸上有个黑点，你不用直说。人家自己的脸，不比你更清楚吗？打人不打脸，揭人不揭短。你要真想说，你就先说自己脸上也有个黑点，人家听了心里就好受些了。"

哦，凡事要替别人想。

"姥姥，你走了以后我想你怎么办？每年清明还得给你上坟吧？"

"不用，活着那些人就够你忙乎的了，人死了啥都没有了，别弄这些个没有用的摆设了，那都是弄给别人看的。我认识你这个人快五十年了，我最知道你了，不用上坟。"

姥姥走后我真的没敢去看她。

越不敢去心里越惦记。

去年夏天，儿子去姥姥家的水门口村过暑假，我派他代我去看看老奶奶。儿子回来说，老奶奶就躺在村口河边一个小山包的一堆土里。土堆前有块石头，上面写着姥爷和姥姥的名字：倪润太、刘鸿卿，土堆上面有些绿草，别的啥都没有了。儿子用手比划着土堆的大小，看着他那副天真的样儿，我的眼泪像断了线的珠子，怎么也挡不住。很久没有这样哭了，心疼姥姥如今的日子，孤单、清冷。

我也最知道姥姥了，她本质上是一个热爱生活的人，一副柔弱的肩膀，一双三寸的小脚，热热闹闹忙忙乎乎地拉扯了一大群孩子以及孩子的孩子，走的时候是四世同堂。

这是姥姥想要的日子吗? 是, 其实也不是。

"姥姥, 如果还有来世, 你还会生那么多孩子吗? "

姥姥反问我 : "你说呢? "

我不希望姥姥再那么辛苦了, "不生了"。

我也不生。如果还是做主持人、做演员这个工作, 我就不要孩子也不要家。我盼着现场直播之前, 先在一个安静的属于自己的花园房子里睡上一大觉, 起来洗个澡、喝一杯咖啡, 再清清爽爽地去化妆, 精精神神地去演播厅, 无牵无挂。晚上回来, 舒舒服服地泡上一个玫瑰浴, 点一支香烟, 喝一杯红酒, 翻一本闲书。哪像现在呀, 给全家蒸上包子, 熬上稀饭, 抹把脸就提溜着裙子去直播了。不管多晚回家, 一大家子人还等着你, 温暖是温暖了, 可累人、累心啊! 我都佩服自己, 那些年是怎么混下来的?

"人哪, 就是穿着棉袄盼着裙子, 穿着裙子又想着棉袄。要不是这些人在家等着你, 你在电视上兴许就不会说人话了。"

明白姥姥的意思了吧? 这是对我主持风格的高度评价 : 说人话。

"那你的意思, 来世你还会选择当一个这么多孩子的母亲, 当一个这么多孙子、外甥 (山东等地称外孙、外孙女为外甥) 的奶奶、姥姥? "

"你和我不一样, 你生下来是为老 (好) 些人活着的, 有杆大秤称着你，俺这路人都是小秤盘里的人，少一个多俩的都一样。"

姥姥始终没给个具体答案。她不能想象没有家人、没有孩子，她这一生怎么个过法，但是姥姥觉得我是可以一个人成为一个家的那种人，我是有社会使命的那种人。哈，真会戴高帽子，谁给我的使命？

"姥姥，有多少家人、有多少孩子，最后走时还不是孤身一人？谁能携家带口地走啊？"

姥姥笑了："分批分个儿地走啊，就像分批分个儿地来一样，早早晚晚地又走到一块儿了。"

是安慰还是信念？姥姥始终相信下辈子我们还是一家人。这是她对家的无限眷恋和对生命延续的阐释。

人为什么终究是会死去的呢？

知道姥姥走了的那天我在东北拍戏。晚上六点刚过，哈尔滨已经天黑了，小姨发来一条短信："六点十分，姥姥平静地走了。"看了短信，我竟然很平静，无数次地想过姥姥的走，天最终是要黑的。我一滴眼泪也没掉，只是不停地在纸上写着"刘鸿卿"三个字，姥姥的名字。

一个不认字的老太太还有个挺有学问的名儿！她的父亲是个识文断字的人。只因为姥姥生为女性，否则她一定是个"念大本书、写大本字的读书人"。这是姥姥对文化人的评述，也是她常指给我们晚辈儿的光明之道。

天黑了，姥姥走了，窗外冒青烟的雪无声地陪着我。屋里漆黑一片，我庆幸这样的时刻身边没别人，这是我最向往的时刻，我的心是自由的。我把写满姥姥名字的纸贴在结了冰又有哈气的双层玻璃窗上，"刘鸿卿"三个字化开了，模糊了，看不清了，升腾了……

看着小姨的短信，心里想的却是半个月前和姥姥在威海见的最后一面。我这位认识了快五十年的老朋友，我最亲的人、最爱的人、最可信赖的人一句话也没和我说，我甚至觉得她都不知道我在她身边。我们就这样永久地分开了，从此天上人间。

其实，姥姥病危的通知已经发了三次了，我心里早有准备，这个早恨不能童年就有。

太爱一个人、太依赖一个人，就一定最怕这个人离你而去。小时候惹大祸了，姥姥最重的一句话就是："小外甥啊，你得气死我呀！"多大的错我一下子就能改了。

"没有了姥姥我怎么办？"

"有你妈呀！"

那时我觉得姥姥就是妈，妈就是姥姥。

我经常问："为什么不是先有姥姥后有妈呀？"

姥姥也不避讳生孩子、结婚这类小孩子不能听的"秘密"，所以三岁多的我就敢在众人饭桌上大声地说："我知道我姥姥和姥爷睡了觉，嘀里嘟噜地生了我妈、我大舅、我大姨……我妈我爸又嘀里嘟噜地生了我和我哥，我又嘀里嘟噜地生了我的孩子……"

众人大笑。我妈嫌姥姥太惯我，教育方法太农民，姥姥却欢喜："一堆孩子都这么拉扯大的，同样的饭，同样的话，萍儿这孩子就是块有数的海绵，该吸收的一点也落不下。"

偶尔发个烧，即使烧得很高，姥姥也从不带我去医院。她像揉面一样把我放在炕上，浑身上下从头到脚揉上一遍，揉过的我就像被水洗过一样，高烧立刻就退了。再看看姥姥，出的汗比我还多。享受着姥姥的敲打，体味着姥姥的汗水，高烧一次，长大一次。那时我盼着姥姥也高烧，我也想用汗水洗一遍衣服，可姥姥从来不病。

长大了才知道，姥姥的病是到九十九要死了才叫病啊！一生都不给别人添麻烦的人病了也不是病啊，想想这些我的心生疼，连生病都不舍得，铁打的姥姥啊！

五十年了，活在我面前的姥姥从来都是一副硬硬朗朗的模样，连体重一生也只在上下两斤浮动。健健康康的姥姥，血流充盈的姥姥，怎么会停止呼吸呢？我不敢面对将要死去的姥姥，不敢看只剩下最后一口气的姥姥是什么样子。

我预感，如果再不敢去恐怕就没有机会了。

那天我没跟任何人打招呼，早起七点的飞机就去了威海。出了烟台机场，我打了一辆出租车，三百二十块钱把我送到了威海最好的医院。

五十年了，这是我和姥姥第一次在医院见面。无论是她，无论是我，我们都是多么健康、多么坚强啊。两个一辈子都怕麻烦别人的女人大病没得过，小病没看过，挺挺、咬咬牙就过去了，这最后一面竟然是在医院里。

高级的病床上躺着插满了各种管子的姥姥，一辈子爱美、爱干净、爱脸面的姥姥赤身裸体地被医生护士翻动着。

我跟着姥姥五十年，没给她洗过一次澡，没给她剪过一次趾甲。太好强的姥姥，九十七岁还坚持自己洗澡。浴室的门一定要关上，家里人只能从门缝里"照料"着她，"搀扶"着她。

一个一辈子怕麻烦别人的人在最后的日子里尽情地麻烦着别人，三个姨一个舅妈日夜在病房里守护着姥姥。到了医院，看见姥姥的第一眼我就知道，无论谁在，无论用什么最现代的医疗手段，姥姥的魂儿已经走了，眼前发生的一切都和她无关了。

天黑了。

医生商量要不要上呼吸机，感冒引起的肺部积水致使呼吸困难。

我问上了呼吸机还能活多久，医生很坦率地说："不好说，毕竟这么大岁数了，身体各个器官都衰竭了。"

"不上了吧。"

切开喉管就得一直张着嘴，用仪器和生命对抗，直到拼完最后一点力气。姥姥还有力气吗？救姥姥还是安抚我们这些她的亲人？我瞬间就把自己放在了姥姥的秤上。

五十年了，我和姥姥无数次地说起过死，挺不住了就倒下吧。

姥姥，你不是说过吗？"天黑了，谁能拉着太阳不让它下山？你就得躺下。孩子，不怕，多黑的天到头了也得亮。"

姥姥的天啥时候亮？这一次会永远地黑下去吗？

那天从进病房一直到离开，八个小时，我一分钟也没坐下，就那么一直站着。是想替姥姥挺着，还是怕自己的心灵倒下？姨们无数次地搬凳子喊"坐下"，我的眼睛始终没离开姥姥，我盼着她睁开眼睛："孩子，姥姥死不了。"

姥姥，你不是说过吗？"盼着盼着就有望了，盼望嘛。"

我带着盼望离开了病房，电梯门一关我竟失声痛哭，我心里绝望了。姥姥，盼望被绝望压倒了。

八个小时后我又花了三百多块钱回到了烟台机场，当天飞回剧组。第二天拍戏，导演从监视器里看了画面，建议我休息一天，红肿的眼睛里没有了魂儿。

魂儿丢了。

怪不怪，从病房到机场，一路大雨。从小到大，无数次走过这条路，如今竟看不清这条路是去哪儿。和姥姥见的最后一面像是一场梦。

其实五年前姥姥就病危过一次。

粉白色的绵绒寿衣她自己早就备好了，几次嘱咐我们拿出来放在床头上。

"哪天睡着了不再醒了就赶紧给我穿上，省得硬了穿不上。"

我笑她好像死过一样，"你怎么知道是硬的"？

"俺妈就是坐着坐着睡过去的，等中午叫她吃饭时，啊，人都硬了，最后连件衣服都套不上。"

姥姥后悔了一辈子，老母亲临走穿的那件粉白的衣服就定格成了女人最漂亮的寿衣。

要走了的姥姥不吃不喝，我日夜焦虑。什么办法都用了，姥姥依然是半碗汤端上去，汤半碗端下来。

姥姥说："这几天天天梦见你小舅（小舅四十多年前因公牺牲），你小舅拖我走啊。"

姥姥这句话启发了我，"姥姥，我认识东北的一个神人，这个大姐前些年出了一次车祸，起死回生后成了一个无所不能的神医。我打电话问问她你还能活多久"。

姥姥几天不睁的眼睛突然睁开了，嘴上却说："哪有神哪，神就是人，人就是神。"

我相信姥姥这回死不了，头脑还这么清醒。于是我赶紧当着姥姥的面儿，给这位"神人"拨通了电话。

"神人"是我表妹，就在隔壁屋等我的"长途"。

"什么？你说得准吗？五年？还能活五年？算今年吗？属狗子的。早上还是晚上生的，你问她自己吧。"我把电话递给了姥姥。

"神人"在电话里问了姥姥的出生时辰和方位。

姥姥的耳朵有些聋，根本听不出是变了音儿的孙女扮演的神人——哈，演出成功。

放下电话，姥姥说了句："熬碗小米儿喝吧。"

……

五年过去了，这一回我知道，熬一锅小米儿也救不了姥姥了，神人是她自己。

她不坚持了，谁也扶不住。

可是姥姥多么想活呀，姥姥多么热爱她曾经的穷日子和如今的富日子啊。姥姥总夸今天的好生活："这样的日子活着还有个够啊？"

一生不爱财、不贪心的姥姥只贪命。命也慷慨地回报了她，九十九啊。

人都有下辈子吗？

姥姥的天快亮吧！

我不敢为她送行

姥姥说："有了人便有了一切……多贵的东西都赶不上人贵。"

哥哥又来电话了："妹妹，姥姥明天就火化了，你要不要来看最后一眼……来不来……来吗……我们等不等你……说话呀！"

我其实是说话了，哥哥没听见。是啊，不出声儿的话，谁能听见？哥哥挂了电话，他知道我哭了。因为是第三个电话了，第三次不出声的哭。

嗓子被热泪堵着，脑子被姥姥搅成了一团。想去又不敢去，不去又知道这真是最后的一眼，是真正意义上与姥姥见的最后的一面。

"看一眼"，天哪！这是人间最看不得的一眼了。

理智与情感到了这个节骨眼儿上你才知道它们是粘在一起的，根本掰不开。行为到了"生离死别"这个一生只能用一次的四个字上，可思维是不听脑子指挥的。

"看一眼"，看什么？看着姥姥被大火烧了？

姥姥一辈子最怕火了。白皙的皮肤，瘦小的身躯，只有九十斤的姥姥，一堆儿女，十间大房子，这一辈子不一直在燃烧自己吗? 姥姥是从里往外烧, 慢火熬着自己, 暖着别人, 连她自己可能都不知道, 这个小脚老太太一直把自己烧得周身通透, 连骨头都要焦了才无奈地躺下, 这一躺就要被 "规定动作" 彻底燃烧了……燃烧了还被戴上美丽的花环叫 "生生不息", 我怎么不信啊? 怎么这么不情愿啊!

我问姥姥: 你能承受吗?

我问自己: 我能面对吗?

年轻的姥姥曾不怕火, 灶膛里的火不旺了, 姥姥敢把头伸进去用嘴吹火, 一口气进去, 一团火苗又把姥姥送出来。锅里顿时就冒热气了, 姥姥的眉毛被燎去了一半儿, 只为省根火柴。少了半个眉毛的姥姥好看又好笑。姥姥的办法是大师级的, 小手指头蘸着灶膛上的烟灰往眉上一抹, 都不用照镜子, 一对儿弯眉又回到姥姥的脸上。

姥姥家里也曾遭遇过火灾, 那是姥爷亲手点燃的大火。失去儿子的姥爷神情有些恍惚, 他总觉得小舅没死, 在蚊帐里睡觉, 他把家里所有的蚊帐都拿出来烧了。舅舅们要去扑火, 姥姥不让: "烧吧, 烧了他心就熨帖 (舒服) 了。蚊子咬几口死不了人, 儿子咬爹, 那个疼是谁也替不了的。" "有了人便有了一切", 毛主席的许多指示在姥姥的生活中都是座右铭, "多贵的东西都赶不上人贵"。蚊帐在那个年代是家里的大件呀, 被烧的七顶蚊帐都是妈妈从青岛买来的化纤尼龙有顶有边的好蚊帐，姥姥说她连眼皮儿也不抬地让姥爷烧。

蚊帐被烧成了一堆儿一堆儿的灰，姥姥一堆儿一堆儿地打扫着。姥爷的神情一天天坏起来，姥姥一天天地害怕火了。火柴一盒一盒地被姥姥揣起来，出远门儿的时候姥姥都装在口袋里，再后来姥姥睡觉都把火柴揣在身上，因为姥姥知道，失去儿子的父亲心痛的火种随时都会被点燃，更何况那些年姥爷基本上是用酒精支撑着生命，无情的大火随时都会吞噬这位可怜的烈士之父。

火化，多么文明的举动。

烧了，多么可怕的行为。

这回烧的既不是眉毛也不是蚊帐，是整个的姥姥。

大火要烧着你了！姥姥你受得了吗？会疼的！

我原以为痛苦提前说出来，有准备了，苦就变淡了；我原以为聪明的姥姥提前明白了关于人生的死，轮到自己死就不必害怕也无需担当了。错了，一点用也没有！这也许就是生命的魅力，不管你是谁，将要结束生命时都会害怕，都会眷恋生命，眷恋你曾无数次地抱怨过的这个社会、这个家、这里的人、这里的一切。人世间的许多"真理"，不经过实践的检验，你永远不要说这是真理。只有死过的人才有权利说死到底是解脱还是捆绑，可是哪个死人回来说过？都是活着的人在煞有介事地说。多么没有道理啊！多么让人信不起啊！

拿起电话，拨着哥哥的号码却不敢按下"OK"键。

开始收拾箱子了，订机票了。

去跟导演请假，又是说了半天一个字没说出来。

我像孤儿一样，无助地站在导演面前，好像这个世界上我不再有亲人了。不至于吧？都快五十岁的人了，应该清醒地知道，死去的人是不知道疼的，可我是活人啊，我知道疼啊！

我过不去这个坎儿，为什么养育了我们一辈子的姥姥要被我们烧了呢？我无知，但谁知道呢？

我终于是没去。

哥哥说，抬着姥姥的遗体从六层下楼梯去火葬场的时候，担心殡床太长在楼梯拐弯处不好拐。结果他看见拐弯的时候姥姥把腿蜷起来了，很自然地拐过去了。真神了！哥哥还说，那天的姥姥特别漂亮，满脸的笑容。

哥哥是个最实在的国家干部，说话最诚实，怎么会迷信呢？他是真的看见了，我也真的相信了。姥姥死了都怕麻烦别人。

姥姥说："麻烦别人自己心里是苦的，帮着别人自己心里是甜的。给人一座金山是帮，给人一碗水喝也是帮。你帮了别人，早晚人家也会帮你，不信你试试？这一辈子你试不出来，下一辈子你孩子也能试出来。"

哥哥说去的人很多，和姥姥有关的人都去了。

只有我，被姥姥称为认识了五十年的老朋友没有去为她送行。我不能原谅自己不去和姥姥见最后一面。逃避苦难、灾难、困难的人都是自私的人，我和姥姥都不喜欢这种人。可谁愿意面对黑暗？谁天生就能承受？我做了一次姥姥不喜欢的人。可是姥姥分明在送行的人群中看见我了。姥姥依然笑着，死了的姥姥依然宽容着我，这就是姥姥。

姥姥挣钱了

姥姥说："有好事想着别人，别人就老想着你。你有了好事不想着别人，只顾着自己，最后你就剩一个人了，一个人就没有来往了。一个人一辈子的好事是有限的，使完就完了，人多好事就多。"

眼看着姥姥老了。

我从来没想过姥姥也会有老的那一天。从我记事起姥姥就是个梳着小纂儿的老太太，几十年了不曾年轻也不曾衰老，直到有一天哥哥从泰山给姥姥买回来一根写满寿字的拐杖，姥姥如获至宝，我这才意识到——姥姥老了。

老了的姥姥盘腿儿坐在床上说着说着话就睡着了。宽大的落地窗下，太阳一照就是一整天。下班回来，我经常逗姥姥："又搂着太阳睡了一天吧？"姥姥的脑子没老："是它搂着我睡了一天，不是我搂着它。"

"人家太阳那么大的官儿会主动搂着你这么个普通百姓？"

"这就是太阳的好哇，管谁都赶不上它公平，不偏不向，不歪不斜，对谁都一样，给你多少就给他多少。"

担心月亮出来姥姥不困了，结果姥姥又陪月亮结结实实睡了一晚上。

这么连轴地睡，还不很快就睡过去呀？我害怕了。我试过，一上午陪着她又说又笑她会一直不睡。于是我给她分配了工作。

我家定了三份报纸，一份《新京报》，一份《北京青年报》，每周还有一份《南方周末》。我跟姥姥说这三家报社回收旧报，凡是看过的，你按大、小张和有图片、没图片的分类叠整齐。

"每天的工资是十五块钱，你做不做？"

姥姥想都没想："做，做！闲着也是闲着。"

这是姥姥一生做的第一份拿工资的工作，九十七岁的姥姥开始挣钱了。每天十五块，一个月四百五十块，姥姥的欢喜不亚于我挣四万五。

有了自己挣的钱，看着阿姨去买菜，姥姥顺手掏出十块二十块的塞给她，"捎个西瓜回来，捡个大个儿的"、"买点排骨吧"。姥姥想用她自己的钱帮我拉扯这个家，从前我们给她的钱现如今都变成日元了，有多少好像也不值钱。

这是姥姥一辈子的心愿和纠结呀，她多想用她的钱帮帮我，她多想用她的钱帮帮她要帮的那些人呀。我怎么早没想到这些？只想给她大把的钱她就高兴了。自己挣的钱和别人给的钱多么不一样啊，四百五十块钱换来了多少快乐啊。我真聪明！

可惜这份聪明晚了。

姥姥越来越糊涂了，有时把《南方周末》叠进《北京青年报》

里，又把《北京青年报》混进《新京报》里。

我吓唬她："有你这么不认真的员工啊？你这是上班，又不是家庭妇女干家务活，要严格要求自己。"

姥姥真是个好同志，从那以后再也没错过。她的办法是数大字，《北京青年报》是五个大字，《南方周末》是四个大字，《新京报》是三个大字。

批评了姥姥我又心疼，多么坏的外甥啊，变着法儿不让姥姥老。

可是姥姥还是老了。

她也不想想，一份新报纸才多少钱啊？废报纸这么值钱，那《南方周末》不早成了世界五百强了？

他们报社二十五周年庆的时候，我还在酒会上说："我是贵报的副总编。"台下大笑，只有陈丹青"幼稚"地在那儿点头。哈，我这么一个大字认不了一筐的人怎么可能啊？我是指我在姥姥那儿是《南方周末》的副总编，我发她工资啊。结果第二天网上还出现了大标题：倪萍出任《南方周末》副总编。

"会写的不如会看的，会说的不如会听的"。

那一年多的时间里，姥姥每天把全家翻得乱七八糟的报纸一张张地分类叠好，晚上交给我。有时我故意把叠好的报纸再翻乱了，她就仔细地又整理一遍，不厌其烦。每月的三十号，我这个三家报纸的"老总"都准时地给姥姥发四百五十块钱。每次我都把钱换成新的，姥姥一张一张地数好放进她的手绢里包好，再放进她的抽屉里。

记得第一次把这份工资交到她手里的时候，姥姥不接："你留着吧，买个菜啥的。"

"这哪行啊？你的工资呀，你的劳动所得呀！我拿了你的工资，这不成了剥削劳动力吗？"

姥姥拿着工资的那份激动我是真看出来了。你想啊，姥姥在家工作了一辈子，没以自己的名字领过一分钱。年轻的时候孩子多，她没下过一天地。年纪大了，孩子都有出息能挣钱了，她拿的也不过是孩子孝敬她的钱。

姥姥这是第一次尝到了自己挣钱的快乐，喜悦无以言表，那天晚上几次拿出钱来要给我。姥姥的欢喜让我想哭，咱早就不差钱了呀，姥姥。

姥姥还是老了，报纸叠着叠着也挡不住昏睡了。

我吓唬她："人家要是知道你是个这么不努力不认真的员工，就得开除你，不给你活儿干了。怎么工作着能睡觉呀？"

后来听阿姨说，姥姥害怕了，嘱咐阿姨："我要是睡着了，你就推醒我。现在下岗职工这么多，要不是你阿姨有面子，咱这份工作早就让人收了。"哈，老太太坐在家里还知道下岗职工多。

是啊，姥姥叠报纸，阿姨念报纸，常常是念报纸的人念了错字，听报纸的人也听不出个错，还是在一旁玩的儿子纠正她们。三个人的学历加一块儿都到不了中学，这曾经是我们家的一景儿。

叠报纸也挡不住姥姥打瞌睡，我又布置了新工作。

"姥姥，我们单位回收瓜子仁，出口欧洲。质量要求严，不能用嘴嗑啊，要用手剥。仁要完整的，不能碎。剥一小瓶（普通的玻璃杯）十五块钱，你做不做？"

姥姥真是见钱眼开："做，做！闲着也是闲着。"

第二天我就去买了五斤葵花子交给了姥姥。

葵花是姥姥心中的那一片向阳花，过去姥姥家院子里最醒目的就属院墙周围那十几棵向日葵了，它们在我心里是那样的高大粗壮。秋天果实最饱满的时候，它们也从未骄傲过，总是低着头弯着腰，一副羞答答的样子。

我和姥姥都喜欢向日葵，刮风的秋天，我们俩就趴在玻璃窗上看着它们在风中跳舞。姥姥说："看它们嬉皮笑脸的样儿，鬼精鬼精的，不会说话，脑子可都有数哇！"脑子是指葵花里的瓜子，有数是指饱满。

"有数最后也得让咱吃掉啊！"

"这就是向日葵的本事，它就是让你吃的，你吃了它你就

小时候是妈妈扶着我的
手住着走走长大了是我拉着
妈妈的手往前走过着
过路有一天我们俩是要分手的
但是妈妈先松手的

"天黑了，谁能拉着太阳不让它下山？你就得躺下。孩子，不怕，多黑的天到头了也得亮。"

怪怪的院子里空闲
地方种的都是向日
葵怪怪说向日葵的孩
子是花城是种子
亮C   侯萍

　　"麻烦别人自己心里是苦的，帮着别人自己心里是甜的。给人一座金山是帮，给人一碗水喝也是帮。你帮了别人，早晚人家也会帮你，不信你试试？这一辈子你试不出来，下一辈子你孩子也能试出来。"

成有数的人了。"姥姥认定葵花子吃了对人的脑子好，认定这个世界上就有奉献和索取之分。

姥姥又开始做第二项工作了。

天哪，那些日子家里弄得到处都是瓜子皮，尘土飞扬的。姥姥一整天啥也不干，除了吃饭就是剥瓜子，五斤一天就全剥出来了。

看着一大杯满满的瓜子仁放在我的屋子里，我又掉泪了。以这样的方式还能让姥姥活多久？九十七了。

姥姥做事认真、诚信的本性让我感动。透明的杯子里能看见的瓜子一个是一个，想找个半拉的、破碎的都很困难。姥姥是拣了又拣、查了又查，凡是不合格的都挑了出来。

晚上睡不着，起来看着这杯一粒一粒的瓜子仁。我把它们倒在桌子上，再一粒一粒地捡回去，偶尔放进嘴里嚼一嚼，咽下去的却是滚烫的泪水。

五十年了，心跟着姥姥一起走。小时候是她扯着我，长大了是我扯着她。我怎么从来没想到终有一天我是扯不住姥姥的，不是我撒手，是姥姥先撒手啊！

多少个艰难的时刻，都是姥姥用她那大白话点拨着我，支撑着我；多少个想不开的问题，都是姥姥一个个鸡毛蒜皮的比喻让我豁然开朗。姥姥的宽容、姥姥的良善，不断地修正着我的缺点，改正着我的错误，姥姥的智慧、姥姥的光亮始终照耀着我，温暖着我。可是姥姥要走了，这一切她会带走吗？即使都会留下，我怎么还是那么无助、那么害怕呀？

瓜子，这个小得不能再小的食物把我的心填满了，满得再也盛不下任何东西。是种子就能发芽吗？

当年给生产队剥花生种子的时候，聪明的人家常把自己家的瘪花生偷偷地换给生产队，留下的是公家的好花生。姥姥从不做这种"聪明"事。

长大了我问姥姥："你是咋想的？"

姥姥说："大花生、小花生吃到肚子里都得嚼碎了，种在地里可就不一样了。好种子结好花生，孬种子结小花生。孩子也是这样，你们都在跟前看着。我要是做那'聪明'事儿，你们长大了就不聪明了。种下什么种子就长出什么果。"

我被姥姥震撼了。她想到了从道德上去影响我们，去规范我们。"不坑公家，不占便宜"是姥姥的家法。

多少种瓜子啊，我怎么偏偏说向日葵呀？

姥姥说："洋鬼子真会吃，向日葵是个最好的东西，太阳晒哪儿它的头就转向哪儿。"

做梦也想不到晚年姥姥的最后一份工作是剥向日葵瓜子。

那一年多，我家大瓶子、小罐子都装着姥姥"给欧洲出口"剥的瓜子仁。每天我出门前都上她屋带上她的产品，转手又放回我屋的冰箱里。那段时间凡是上我家的朋友走的时候都要带上一瓶瓜子仁。帮着吃呀，要不时间长了就哈拉走油了。开始我儿子、倪妮（我的侄女，我哥的女儿）他们还抢着吃，后来一家人都是见了瓜子就跑了。

姥姥依然每天三五斤地剥着瓜子，家里地上、床上、桌子上到处都是瓜子皮，姥姥屋里像个瓜子加工厂。我们成包成袋地往家进着货。有时看姥姥太累了，就说这几天单位清点货停工，你先歇两天。

吃够了熟的，我们就买生瓜子，托人从东北进那种正宗的颗粒大的好瓜子。我们几个晚辈常聚在一块儿商量，这么剥下去也不是个办法啊，工作量太大了。我们又规定姥姥周五至周日三天休息，说这是国务院规定的，但工资照发。这样，姥姥一周只工作四天。姥姥歇着手，我们歇着心。

姥姥两只手的大拇指二拇指的皮都剥硬了，我心里依然高兴。工作着是美丽的，姥姥不瞌睡了，饭量也大了，人也精神了。年底我们还打算给她颁个先进工作者奖状，我说我们台长在大会上点名表扬她了，姥姥真的相信了。姥姥真是老了，我们单位是干嘛的？还管出口欧洲的瓜子啊？

姥姥晚年的这两份工作让她挣了不少钱。一月九百，每月底我们都按时发她工资。后来都发展到我们从邮局拿了汇款单让姥姥盖章，说是单位规定必须让她自己签收。

看着姥姥往汇款单上盖章的那份认真、那份喜悦，我心里真是爽啊，给姥姥哪怕一丝的快乐对我来说都是莫大的安慰，因为姥姥的日子不多了。

在姥姥屋里离她最近的地方，我们总是在新年的时候挂上一个大字的日历牌。一天撕去一张是姥姥每天顺手干的事儿，不认字的姥姥日历牌上的字可全认识。按着日历上的日子，大、小节日我们都跟着姥姥过，哪天吃饺子，哪天吃面条都是有说头儿的。大节大过，小节小过，富裕了以后的姥姥也从不慢待节日。姥姥说："穷的时候，节给咱多少欢乐呀。"每年过端午节我们都劝姥姥别费劲包粽子了，倪妮的姥姥每年都包最好的粽子捎给姥姥，市场上也什么样的都有。姥姥依然买了粽叶子一片一片地洗，一锅一锅地蒸。每回蒸粽子的时候我都有说不出的辛酸，总是想起小时候姥姥家端午节的那口大锅，满锅的粽子、满锅的鸡蛋。从早上姥姥就烧上柴禾煮，一直煮到晚上太阳落山，锅里的粽子还不熟。粽香飘了一天了，姥姥也不掀锅，锅盖上压着两块大石头，姥姥说粽子得焖一夜才进粽叶味儿。这一天把我急得呀，围着锅台转了二十圈也吃不上一口粽子，但是心里那快乐，不比吃上粽子少。这可能就是懂事以后的"盼望"吧，盼望就是心里升腾着希望，有希望就有盼头。那些年的端午节我都是搂着粽香入睡的。

端午节的早上，一醒来姥姥就领着我去河边砍上一把艾蒿，用艾蒿上的露水洗洗眼睛，姥姥说这样心明眼亮。回到家再把艾蒿插到门槛上，这一年任何邪物都进不了家。

待这一切办完了，姥姥的锅才打开。糖罐里妈妈从青岛捎来的白砂糖那个甜呀，和粽子睡了一宿的鸡蛋那个香啊。五岁的我吃五个，五十多岁的姥姥吃一个，吃一个粽子的姥姥领着吃了五个粽子的我满山遍野地走，"别积了食呀，孩子"。

现在的粽子香味都跑哪儿去了？

今年端午节，姥姥不在了。大姨特意从邮局快递过来一箱子我们小时候爱吃的黏高粱米粽子。儿子说："太好吃了！妈妈你们小时候天天吃这样的粽子吧？""对，天天吃，五个粽子香甜一年，这不就是天天吃吗？"

真的，姥姥端午节那一顿粽子留在我记忆中的就是"天天吃"。

我们全家努力地不让姥姥老去。从海参十几块钱一斤的时候我们就给她吃，三十几年，海参涨到几千块钱一斤了，我们也从没断过供应。那年代表魅力城市荣成做主题演讲的时候，我还在电视上介绍过姥姥吃海参，吃荣成的海参，所以姥姥长寿，姥姥的两个妹妹因为生活在海边也都活到快九十了。那天陈逸飞代表昆山做主题演讲，下来他还问我，姥姥真是吃海参长寿的吗？我说是呀。只是晚年的姥姥一直以为海参十几块钱一斤。

姥姥自己挣钱了，那份慷慨和往日的慷慨不一样了。回趟老家，得意地跟我说，她给了谁谁一百块钱，又给谁谁买了啥。自己挣的钱和别人给的钱真是不一样啊，即使自己孩子给的也不行。

我过去常对我妈和姥姥说，你们使劲地花钱，我存折上所有的钱都是你们的钱。打从姥姥挣工资开始，我就不再这么说了，我要做的就是把一大摞现钱放到妈妈和姥姥手里，她们自己存与花是她们的事。这几乎是一个可以传播的经验：嘴里说出来的钱和手里拿出来的钱怎么着也是不一样的。

我怎么早没想到这个再普通不过的理儿呢？人啊人，怎么就这么想不明白啊。是不是好强的人天生不能花别人的钱呀？

姥姥挣了钱后有一天把我表妹叫来，给她一百块，叫她去买"和你姐一样的擦脸油"。

姥姥说她想把自己脸上的一块老人斑去掉，"你看你姐快五十了，脸上啥斑也没有"。

表妹说："我姐那一瓶得两千块，你两个月的工资还不够。买吗？"

姥姥犹豫了。

这世界上哪有真正祛斑的油啊？但是把姥姥的快乐买回来比什么都重要。

我们合伙拿我的空瓶子给姥姥装上婴儿霜骗她:"这是专门祛斑的。"我妈说:"一百块?十个一百也买不了萍儿这一瓶油啊!"

姥姥惊呆了,晚上姥姥说了一句话:"萍儿也变了?也花这么些钱买个擦脸油?"

姥姥真的老了,精明了一辈子的姥姥不知道我们一直在演戏让她欢喜,有时喜悦得那么夸张姥姥也看不出。

我知道,大幕总要落下,演出一定会结束。只是我盼望它落得慢一点,结束得晚一点。

姥姥爱干净也爱美,更爱勤俭。穿在里边的秋衣秋裤两大抽屉,姥姥洗了又洗,改了又改,常年不穿的都有两箱子,你要想让她扔掉是件很困难的事。

那年开政协会碰到梁从诫先生(梁思成的儿子),他是环保倡导者。他说其实家里最大的污染源是不穿的旧衣服、不用的旧物。回来我就跟姥姥商量把不穿的旧衣服都扔了,我带头。姥姥说啥也不同意。是啊,过了一辈子"新三年、旧三年、缝缝补补又三年"的日子,姥姥怎么能和梁先生在一个水平线之上啊?

啊,我又想了一招。

"姥姥,我们单位回收旧衣服,无论大小、厚薄、男女,一件回收返还你一百元。你看看你有没有不穿的旧衣服？"

姥姥真是贪财呀（也真是老了，糊涂了。一百块买新的也买了，什么单位做这种赔本的买卖呀），一口气收拾了二十三件她的旧衣服交给我。

两千三，第二天我就从"我们单位"拿回钱来交到姥姥手里。

三天过去了，我的表妹玲玲打电话告诉我，姥姥去城南她的家里帮她收拾了五十七件不穿的旧衣服，要拿给我们单位回收。

天哪，五千七百块我收回这一堆破衣服！我表妹知道这又是一幕戏，电话里大笑不止。玲玲说，姥姥一边叠着她那些旧衣服一边说："像你姐这样的单位哪儿找去？多收拾点。"

另一个表妹凌云的电话也来了（这些表妹都是姥姥带大的她的亲孙女），姥姥把我们单位回收旧衣服这件事在她的亲戚里传遍了，好在谁也不信。

但姥姥这两千三拿到手了，她是真信了，她是捡着便宜了，她是高兴了。我们也高兴啊，我们的目的都达到了，双赢啊！

我说："姥姥，我们单位这事你别到处说，单位照顾，收不了那么多。"我是担心她再把村里那些亲戚的旧衣服收来，我就惨了。

姥姥说："有好事想着别人，别人就老想着你。你有了好事不想着别人，只顾着自己，最后你就剩一个人了，一个人就

和平之鸟
平和之花
戊辰 朱颖人作

"骨肉相连,分开了就出血。不信你试试?从骨头上剐下肉,你多快的刀、多高的手也剐不净。"

　　"有一碗米给人家吃,自己饿肚子,这叫帮人;一锅米你吃不了,给人家盛一碗,那叫人家帮你。"

没有来往了。一个人一辈子的好事是有限的，使完就完了，人多好事就多。"

想起我第一次挣到最多的钱是一万块，我就悄悄跟姥姥说了，也拿给她看了。

姥姥说："钱这个东西，越看越多。我看了就等于你挣了两万，再给你妈看就等于三万了，再给你哥看就是四万了，欢喜成了四倍了。"

"糖稀越沾越厚，苦菜越洗苦水越少。"姥姥的欢喜都是乘法，忧伤都是除法。

望着姥姥那瘦弱的身躯，我总在想，她心里的那条河得有多宽？那片海得有多大？我们从来没有想过有一天这河水会断流，海水会枯竭。

好心加好心，就是搅人心

姥姥说："好心加好心，就是搅人心。"

我真觉得姥姥是我身边的一块宝。姥姥最后的几年，几次来北京又几次回山东，来了是我想她，总觉得这么好的日子姥姥享受不了我心不甘，走了又是姥姥的儿女们怕太麻烦我而不得已。

姥姥每次走时心里都浸着泪水，每次都说："再来就得下辈子啦！"

我更是无可奈何，我妈、舅姨们都太强硬了。

"好心加好心，就是搅人心。"

姥姥最后一次离开北京已经九十七岁了，那一年为了孩子上学，我们从城西搬到城东，就住孩子学校门口。当时买房子也就剩最后一套了，十楼，这是姥姥一生里住过的最高的楼了。姥姥住的是家里最朝阳的一间屋，楼前就是刘罗锅的四合院大宅子，不远处是王府饭店，再往前看就是北京火车站，没有任何高出我们楼的建筑物。姥姥很喜欢，每天倚窗看景，等着我儿子放学回来。

家里最大的洗手间是给姥姥专用的，最现代化的卫浴焊上两个最土的扶手，又粗又难看，可是安全啊。好强的姥姥从来不让人扶，那时候我恨不能在姥姥常走的路上都安上扶手，怕她摔倒啊，更怕她摔倒了再也起不来了。用妈妈的话说，"姥姥这把年纪就是熟透的瓜啦，得小心地捧着，有一点小闪失瓜就漏了"。

操心归操心，有一个可以让你为之操心又愿意操心的人不是幸福吗？姥姥的儿女们不理解，姥姥住在我这儿哪里是麻烦？是给予啊！我从姥姥那儿获得了太多太多我终生都享用不完的东西，天知道，我知道。

姥姥最后一次离开北京我现在想起来都心酸，她不愿意走，我也舍不得，可她的五个儿女都已经形成决定了。毕竟是他们的妈，我们第三代、第四代只能是顺从了。妈妈也是快八十的人了，也不能强她之意。爱姥姥，也爱妈妈、爱舅、爱姨，其实真没有轻重，只是觉得孝顺姥姥的日子不多了，妈妈他们还有的是日子给我们孝顺。

怕太伤姥姥就过渡一下，让小姨陪着姥姥先搬到北京城南的小表妹玲玲家，说是我要出差了，家里没人，照顾不了姥姥，等我出差回来再搬她回来。姥姥也真是老了，我出差，全家都出差呀？我永远出差呀？

姥姥在城南住着，都在北京，我却要"出差"回来才能去看她，而且还得说待不了几天，马上又要"出差"，否则姥姥就要跟着回来。

那个时候，姥姥还在"上班剥瓜子"，去玲玲家要带上瓜子，嘱咐表妹凌云定时去收货。

二十分钟的路程，一个月的时间我才去看了姥姥三回。

在玲玲家的姥姥头也不梳，穿着毛裤坐在床上剥瓜子。想着在我家的时候，姥姥每天都一丝不苟地把头梳得利利落落，还照着镜子用清水把散落的头发收拢，衣服也穿得整整齐齐。问她为啥，姥姥说："玲玲家也没外人来，不像你家总有客人，都是些能人、高人，不穿整齐了给你丢人。"

姥姥的确在我家见过很多她从前只在电视上见过的人，念念不忘的是赵老师吃包子的事。

"赵忠祥这个人儿啊跟电视上不一样，我给他数着呢，一口气吃了七个包子，头都不抬。"姥姥不是心疼那七个包子，她是觉得荣耀，一个成天在电视上说话的"干部"，吃了七个她亲手包的包子，她多欢喜呀！"一看就知道这是个忠厚的人，也是个挨过饿的人。"姥姥这样评价赵老师。

如今在玲玲家，姥姥虽然还上着班剥着瓜子，可已经没有心气儿了。她常常倚在窗户前眺望远方，远方是北京的更南边，她不知道我就在她的身后，北京的北边。姥姥在北京是分不出东西南北的，她不断地问："这是哪儿啊？"我那个心疼呀!

生活就是这样吗? 亲人之间有些话也不能说透吗? 那段时间, 我甚至恨姥姥的儿女们, 恨妈妈他们。麻烦我? 我的心天天在拧巴、在纠结, 这个扣儿谁来解呀? 我是欲哭无泪啊! 我和姥姥之间的情感已经远远超出了亲情, 我们是朋友、是至交、是灵魂相互依托的人。母亲啊、舅舅、姨们, 你们永远不理解!

每次去看姥姥, 我都和表妹拉上一车吃的。明明知道姥姥吃不了什么了, 可没有别的表达方式, 只能花钱吧, 买最好的、最贵的。玲玲家住三楼, 没有电梯, 我们一箱子一箱子地往上搬, 姥姥就站在楼梯口看着。我头也不敢抬, 嘴更不敢张, 生怕一说话嗓子就热了。

每次去, 小姨和姥姥都为我们包上小时候最爱吃的山菜包子, 吃饭的时候我拼命往肚子里填, 可包子能把泪水堵住吗? 堵不住, 上洗手间待一会儿……出来姥姥又递上一个包子, 接过来吃了吧, 今生今世还能再吃几回姥姥包的包子?

跟了姥姥五十年, 从前大把的时间怎么不知道金贵呢? 人生最大的痛苦是你和深爱的这个人彼此都知道离别开始倒计时, 尤其是姥姥这样的人, 她清醒地知道生命的结束是无力回天的, 这是生命的悲哀。曾经那么热爱活着的日子, 那么知足地生活的姥姥啊! 心中的悲伤从来没说出过。

"行啊，都活这么大岁数了，知足了。"姥姥不是说有些话要反着听吗？

姥姥最后的几年，我明显地感受到她对将要离开人世、离开亲人的哀伤，家里的一切人和事对她都是如此的重要。每年过春节，我们都像打扮小孩子一样给姥姥穿上新衣服。春夏秋冬，我们不断地给她买好看的能让她欢喜的东西。她总是说："快死的人了，别费那个钱了。"她把自己的衣服洗了又洗，叠了又叠，时刻准备着。

姥姥在这个家里，以她的智慧、良善平衡了一辈子，到老了，自己却掌握不了自己的命运，任凭儿女们安排，她又知道儿女们是真真心心孝顺，是爱这个妈的呀。可姥姥到底需要什么样的爱、什么样的孝顺？我内心一阵阵地委屈，心里那杆秤的准星全模糊了，生命的尺度在家的天平上、在亲人的天平上、在爱的天平上没有了准星。九十七岁的姥姥需要的不仅仅是吃饱了、穿暖了，这个老太太不同啊！我内心的痛苦怎么就一个字也说不出来？

看着洗手间那两个特制的扶手，看着特意给姥姥买的让她自己能够得着的滑轮五斗柜，看着特意给姥姥定做的木板硬床，一切一切都静止了。开车二十分钟就能把姥姥搬回来，可只有九十斤重的姥姥怎么比座大山还难搬？人啊人，亲人啊亲人，血缘也难以沟通吗？我们该是一脉相承啊，姥姥不是说夫妻是一个人，亲人是骨肉相连吗？怎么连不上，怎么通不了啦？

晚上儿子睡了，我站在窗前瞪大着眼睛。再往前看一点，就能看到姥姥住的那地方了。姥姥睡了吗？吃饱了睡，睡了起来剥瓜子，天黑了又睡，今天的日子和昨天有什么不同？九十七了，多吓人的年纪，姥姥还有多少日子让我们这么挥霍？

我又豁上去四处打电话。找母亲、找舅舅、找大姨、找小姨，他们无奈地同意了让我搬回姥姥，可不久又反悔了！同意了，又再次反悔，反反复复，其结果是他们提前把姥姥送回了老家。

人都要在故乡老去！是吗？谁说的？！这是法律吗？

说实话，这个结至今也没有解开。我纠结，但愿姥姥不纠结，他们的儿女们也不纠结！

生离死别！中国字真讲究。生离，疼啊！

爱从来都是双刃剑，砍伤了都不知道怎么包扎。亲人的爱是可以把人打倒的。

妈妈他们这么做完全是为我想，是心疼我，我是他们的下一代。一代又一代地永远是儿子比老子重要，孙子比儿子重要，这就是人性的本质吗？为儿女去死，没有父母犹豫，为父母去死呢？我不敢想，也想不明白。

　　我纠结在亲人的挚爱中，浑身无力，我病了，全身上下都是病，连同思想也病了。我不想见任何人，关上门哪也不想去，最幸福的时刻是脑子空着，身体漂着，不想今生也不想来世。只有看到儿子放学才知道自己其实还活着，活着仅剩下陪孩子去游泳、吃饭，看着他写作业，在作业本上签名。

　　无望地等待着姥姥最后的日子。

　　处理姥姥丧事的时候，我一个意见也不参加，我逃避。在我看来，这些事就像一个人穿衣服，合适就行了，其实最先应该安葬的是人的灵魂。姥姥最后的日子灵魂安息了吗？

　　我坚信姥姥到死也没糊涂。

　　"有好事想着别人,别人就老想着你。你有了好事不想着别人,只顾着自己,最后你就剩一个人了,一个人就没有来往了。一个人一辈子的好事是有限的,使完就完了,人多好事就多。"

　　"心里有气、有怨说出来就好了，不管真对真错，别留着，留日子长了，就长在身体里了。"

姥姥的冬天

姥姥说："孩子，管多么富裕都没有年轻富裕啊。年轻的富裕就是胳膊是胳膊，腿儿是腿儿，年龄大了富裕管个啥？眼也花了，牙也酥了，浑身都穷了。钱有的是，可身子穷了。"

春夏秋冬，姥姥最打怵的就是过冬天。

冬天姥姥咳嗽得一宿一宿地坐着睡，坐累了就跪着睡，跪着睡的样子像是在给老天磕头。姥姥的枕头边上总是放着一个小苹果，咳嗽厉害的时候就咬上一口压一压。压什么？不知道。是怕咳嗽声吵醒我们？那姥爷的呼噜声比姥姥的咳嗽声吵人多了。

那时候，还没有水缸高的我就知道半夜起来从缸里舀一瓢凉水给姥姥放在炕头。

水缸前的石头片姥姥垫上两块又取下一块，怕垫高了我一头栽进缸里，垫薄了又怕我够不着水。

那时的我就想，为什么姥爷不管姥姥？"咳嗽声把房盖儿掀了，他也不会醒。"真实的夫妻可能就是这样，咳嗽半辈子了，这还算个事儿？

咳嗽这事还真折磨了姥姥半辈子，天一凉姥姥就变成另一个姥姥了。有点儿烟就呛得慌，见点儿风就咳嗽，好像总是半口气儿半口气儿地喘，有时喘着喘着气儿就上不来了。在炕上暖和的地方围着被坐着还好点，只要一下地、一见风，姥姥就不停地捯气儿。

懂事的我冬天里把姥姥的活能干的全干了，不能干的也全干了。喂猪啊，给鸡拌食啊，烧火熥饭啊，什么都会做，什么都敢做。姥姥说五六岁的我干起这些活儿就像个大人，有模有样。

妈妈从青岛给姥姥捎来的桃酥点心，我每天都用热水给姥姥泡上一碗。每次姥姥都喝半碗剩半碗，"吃不下了"，是留给我的。懂事儿的我也总说："吃了恶心。"留着剩下的这半碗等夜里姥姥咳嗽时我再从暖瓶里倒点水兑上让姥姥喝了。

如今在商店里看见了那没人买的老桃酥还倍感亲切，姥姥在的时候我还时不时地买上一斤拿回家，和姥姥一人一块儿地品尝着它特有的香甜，我说这叫"重温"。

我怕姥姥死。很多个冬天，姥姥都说这一冬她过不去了，所以春天一来我和姥姥都心花怒放。什么是春? 姥姥房檐上的冰柱子化了，水缸里的冰块开始不成形了，门不费劲儿地推开了，这就是春啊! 我和姥姥的春比别人的早，盼得急呀!

春天一来姥姥就不咳嗽了。

姥姥真正彻底不咳嗽也是从春开始的，我们的春是我长大了、工作了，能挣钱了，生活好了，我开始给姥姥买最好的营养品了。海参从十几块钱一斤一直吃到几千块钱一斤，营养是姥姥的止咳糖浆。

可姥姥依然打怵过冬天，这个冬是姥姥生命中的冬。

好日子开始的时候，姥姥已经七十岁了，这是她生命中的冬天。眷恋生命、热爱生活的人才怕死。

姥姥说："人就是贪心啊，年轻的时候就想能活够七十那就算大福了，可七十来了怎么这么不甘心啊？"

我问姥姥："假如现在地球静止了，一切都不变了，每个人选择自己喜欢的年龄定格，再也不变了，你选择多大？现在这样还是年轻的时候？"

姥姥说："二十来岁。"

"那时候有什么好啊？穷得叮当响，你应该选现在啊姥姥，什么都有，富富裕裕的一个老太太。"

"孩子，管多么富裕都没有年轻富裕啊。年轻的富裕就是胳膊是胳膊，腿儿是腿儿，年龄大了富裕管个啥？眼也花了，牙也酥了，浑身都穷了。钱有的是，可身子穷了。"

想起从前我们节目组的一个小孩儿，因为相爱的男朋友没钱，只能面对现实地选择一个有钱人而放弃真爱。她流着眼泪跟我说："倪老师，你如果给我五十万，我绝对选择爱情，没办法，人要面对现实。"我相当震惊，我说我可以给你五十万，咱们交换吧。我拿五十万换你十岁，也就是你年老十岁，我年轻十岁。我再给你一千万，把你那双明亮的眼睛给我，把我这双浑浊的眼睛换给你。如果你还需要钱，我再给你一千万买你这两条好看的、年轻的、充满力量的双腿，我还可以再给你两千万，把你的双手也买下来，你觉得如何？

她笑了，进而哭了。

最终她还是走了她现实的路。结婚的时候让我录一段话表达祝福，我怎么也张不开嘴，一说话就想哭。我心疼这孩子，明白她的无奈。我真的祝福不了，连姥姥都知道要年轻，而年轻人不明白要什么吗？其实明白，什么都明白，明明白白地犯着错误。

姥姥的冬天很漫长，我们竭尽所能让她的冬天温暖。从精神到物质，只要姥姥愿意，干什么都行，"孝顺"这两个字从来都不能拆开。

家中的东西，姥姥觉得最金贵的就是我那些奖杯，光荣与梦想始终是姥姥的精神所望，她觉得没有比受人尊敬更高的拥有了。一大堆的奖杯放在箱子里，姥姥一个一个地摆出来，我再一个一个地装回去。只有我知道这些荣誉意味着什么，它们不是真正意义上我个人的付出和价值，无论电视还是电影，都是集体的力量，把它们摆在家里实在是让我惭愧。不是虚伪也不是造作，我就是这样的一个人，真的能分清哪些是属于我的，哪些是不属于我的。我从没有因为获奖而觉得自己了不起，我也从不认为别人说我不好我就真的不好。我经常站在秤上，几斤几两、骨头多少、肉多少、血多少，我心里有数。

姥姥不这么看。

"光荣花为什么都是红的？你啥时候见人戴着绿光荣花、黄光荣花？红的就是最好看的那一朵儿，就是最光荣的那一朵儿！"

获"华表奖"最佳女演员的那一天，我是和八十五岁高龄的黄素影老师并列获奖的。黄老师是因为在张洁的小说改编的电影《世界上最疼我的那个人去了》里演母亲而获奖的。因为给姥姥念过这本书，所以我回来跟她说："今天见着张洁的妈了啊！"

"啊？张洁的妈不是早死了吗？"

这就是电影的魅力，张洁的妈在电影里永生了。我给姥姥看照片，是我和黄素影老师在台上相互祝福的那张，《北京青年报》卢北峰拍的，拍得很精彩。

姥姥无比羡慕地用手摸着照片，"你看，这路的人活多大岁数都有用，还能获奖，这个老婆儿没白活"！

"姥姥，你好好活着，赶明儿我也写个电影剧本，就叫《姥姥》，请你主演，也让你获奖。"

姥姥笑得前仰后合,"主演不行了,当个猪眼都没人要,老了,天快黑了"。

请姥姥拍个电影虽然是一句玩笑,但在姥姥心中还是升腾起了一丝的期望,已经许久不提了的白内障手术问题又提到议事日程上了,"多会儿去三〇一做手术? 先去检查检查吧"。新衣服拿出来又放回去,"等有个大事儿再穿吧"。姥姥说的大事儿就是拍电影。

姥姥走了我也常后悔,许给姥姥那么多虚无的光荣与梦想到底是帮了姥姥还是害了姥姥? 心中的旗帜一面面地升起,鲜花一团团地怒放,姥姥的冬天真的温暖些了吗? 许多好日子还没过,许多梦想还没实现,姥姥她愿意走吗?

没有希望,是不是也就没有失望?

"爱越分越多，爱是个银行，不怕花钱，就怕不存钱。"

　　"天黑了就是遇上挡不住的大难了，你就得认命。认命不是撂下（放弃），是咬着牙挺着，挺到天亮。天亮就是给你希望了，你就赶紧起来去往前走，有多大的劲儿往前走多远，老天会帮你。别在黑夜里耗着，把神儿都耗尽了，天亮就没劲儿了。孩子，你记着，好事来了她预先还打个招呼，不好的事吭当一下就砸你头上了，从来不会提前通知你！能人越砸越结实，不能的人一下子就被砸倒了。"

三个爸爸

姥姥说："有一碗米给人家吃，自己饿肚子，这叫帮人；一锅米你吃不了，给人家盛一碗，那叫人家帮你。"

姥姥因为我没有"父爱"而格外地心疼我。

看着邻居的父母双双拉着孩子的手在院子里走，姥姥就会很夸张地转移我的视线，不是领我去买个冰棍，就是给我几分钱去看会儿小人书。以我现在的理解，这种内心的痛大人比孩子痛多了。

其实没有父爱，我真的不怎么痛，因为没尝过甜，所以不知道苦。记忆中只跟父亲转过青岛的中山公园，父亲推着车子，我和哥哥跟在后面走，言语不多的父亲偶尔说两句话也记不清说的什么。每次像完成任务一样，和父亲见过面就急急忙忙地逃离开。

回到家姥姥的盘问让我很不耐烦。"你爸说的啥？领你们吃的啥？你爸穿的啥？你爸胖了瘦了？你爸笑了哭了？"我一句也答不上来，真的不记得，也不想记着……

爸爸的形象在妈妈的描述中和姥姥的描述中完全是两个爸爸，再和我见到的爸爸加起来，一共是三个爸爸。

"姥姥，你和妈妈说的爸爸到底哪个是真爸爸？"

"你妈说的一半儿和我说的一半儿再加上你自己见到的一半儿就是你那个真爸爸。"哈,一个半爸爸。

妈妈描述的爸爸太坏,姥姥描述的爸爸又太好,我信姥姥说的那个爸爸,所以心目中的爸爸是良善、正直、清高的,只因和妈妈"鸡狗不和"罢了。

我从没有在爸爸面前喊出过"爸爸"这两个字,是姥姥一生的遗憾。在姥姥的生活哲学中,一个孩子不会叫爸爸,不曾有机会叫爸爸,这是多么让人心碎的一件事,她一生都在努力地让我叫出一声"爸爸",可我就是发不出这个声音。

我的自私、我的狠也是我至今纠结的一个点,不能自我说服的一个谜。多大的过节、多大的委屈、多大的灾难我都可以化解、都可以承受、都可以改变,为什么这么小、这么不是事儿的事儿在我一生中就改变不了,就是一个事儿呢?

父亲在他不该去世的年纪,早于姥姥一年走了,他才七十四岁啊。父亲是因脑溢血而住进医院的,从发病到去世的一个月里一直在重症监护室睡着。我是在他睡着的时候和他见的最后一面,所以也不能叫做见面,因为父亲不知道。

又是哥哥通知的我。

躺在最先进的病床上,父亲像个婴儿一样,脸红扑扑的,甜甜地睡着,脸上有些笑容,似乎有些知足。我和哥哥一人拉着他的一只手目不转睛地看着他，一个儿女双全的父亲"幸福"
地躺在那儿，多么大的一幅假画面。父亲幸福吗？我们是他的
儿女吗？

一生只有这一次拉着父亲的手，这么近距离地看着这个给
予我生命的父亲，心里的那份疼啊，真的是折磨，人生的苦啊，
怎么会有这么多种？这么不可想象？更不可想象的是父亲这
些年是怎么和这些遥远的儿女相处啊？她这个女儿又做了这么
一个特殊的职业，不管你喜欢不喜欢，隔三差五地她就要"满
面春风地走进千家万户"。

父亲啊，父亲现在的妻子啊，父亲现在的儿女啊，又以怎
样的心情面对电视上的这个倪萍啊？

父亲怎么会忘记，他这个女儿原来叫刘萍，还是奶奶给起
的这个名。母亲当时还说萍字不好，浮萍，飘摇不定，应该叫"平
安"的"平"啊！

我断定，我做了多少年主持人，父亲的心就被搅了多少年。

父亲是最早买电视机的那拨人，因为听说"我在电视上工
作"，父亲把电视搬回家，等于把女儿搬回了家，多么硬邦邦
的父女关系啊！

我恨自己，一个一生都不曾喊过爸爸的人还有脸坐在这
儿，爸爸你为什么不睁开眼睛骂我一顿？

人生就是这么残酷。主治医生来查房，"你们试试，不停

地叫他，叫他爸爸，他也许会苏醒，脑干的血已凝固了一半儿，或许奇迹会发生”。

叫爸爸？我和哥哥都懂了，此时亲人的呼叫可能比药物更管用。哥哥不停地喊："爸爸，我和妹妹都来了，你睁开眼看看，左边是我，儿子小青，右边是妹妹小萍，爸爸……"

我不相信我没喊爸爸，我喊了，爸爸没听见，任何人都没听见，因为这个"爸爸"依然没有声音。爸爸，我只是双唇在动，我失声了，心灵失声了。一生没有喊过爸爸，最后的机会都让自己毁了，我是这个天下最不女儿的女儿了。我恨自己！

心中有怨恨吗？没有啊。从懂事起姥姥传达给我的那个爸爸就已经让我不怨不恨了，爸爸生前我也按常人的理性多少次地去看他，给他送钱。出口欧洲的羊绒衫，因为爸爸喜欢它的柔软宽大，我一买就是十几件；儿子会跑了，我还专门把他从北京带去给姥爷看。该做的好像都做了，但真正该做的我知道，却没做，从来都没做。

叫一声爸爸，叫不出。

真的，我从没有缺失父爱的感觉，男人、女人在我成长中没有什么差别，舅舅、姨、姥姥、姥爷一如父亲母亲一样地爱我。小时候看电影、赶集、看活报剧，凡是人多的地方，我一定是被舅舅扛在肩上，站在最高的地方，我们看戏，人们看我们。累了、困了，不是舅舅背着就是舅舅抱着。

即使离开水门口到青岛上学了，每年寒暑假大舅都来青岛和我们一起过，钱不多的大舅总是花光最后一分钱才离开青岛。我和哥哥跟着大舅这个大男人吃过最好的饭店，穿过最好的衣服。我记得大舅有一年春节光钱包就给我买了四个，原因就是我们班上有个叫娄敏怡的同学，她爸爸给她买了两个钱包。

长大了才知道，全家人都用心地在扮演着爸爸的角色，至今这几个舅、姨在我心中都是那么亲、那么有力量，不能不说这是姥姥的良苦用心啊！

报答，报答不了的是恩情啊。舅姨的儿女们也都如他们所愿，我们像一家人、一奶同胞一样地生活在一起。我能够做什么呢？出钱让舅姨他们游山玩水，前些天刚从台湾回来，国内玩够了再去国外，可这一切一切都报答不了他们对我的养育之恩啊！

姥姥说："有一碗米给人家吃，自己饿肚子，这叫帮人；一锅米你吃不了，给人家盛一碗，那叫人家帮你。"

全家人都一直在帮我，从小到大、从过去到现在。我忘不了，因为这是一碗米给我吃了，他们饿肚子；而现在我帮他们是一锅米我吃不了。

爸爸其实也一直在帮我，我能够报答的只是叫出一声"爸爸"，却没有做到。

家里第一次装上电话，姥姥就曾偷偷地给爸爸打过："我找刘世杰同志。"没有文化的姥姥在"外交"场上也称职了。

一定是听到"刘世杰同志"的声音了，姥姥一把捂住自己的嘴，老泪纵横。"我挺好的，萍儿也好，青儿也好。萍儿走道那个小身子骨和你一模一样，那个脸盘和她奶奶一模一样，那个儿头一看就是你们老刘家的人，那个眼睫毛和她姑刘世美一模一样。来和萍儿说句话吧！"我摆手拒绝。"哦，上茅房了……"

事后姥姥说："人家你爸一听我这音儿就叫了一声妈，我这个心一下子就被这声妈叫空了，有情有义的人啊！"

善良的姥姥啊，恨不能把我和爸爸说成是一个人，只是一大一小。

以后的很多次偷偷打电话，姥姥只有一个目的，抚平爸爸缺失儿女的心，填补我和哥哥缺失的父爱。

姥姥啊姥姥，心里承载的东西太多了，对我们成长的滋养都是"润物细无声"。小时候不觉得，慢慢长大了，才知道一切善良、宽容、忍让都不是与生俱来的，血脉里流淌的美好都是一点一滴的给予积聚的。真的，我从不憎恨父亲，对于父亲后来的一家，从妻子到儿女，我和哥哥都充满了感激，感谢他们给予父亲的那份真爱和照顾。

妈妈其实也是一块儿抹着辣椒的糖果，那么多次的电话妈妈一定是知道的，每月电话单里的那个号码妈妈从没问过。善良的一家让我学不会憎恨，学不会报复，学不会整人、治人，这不都是我的财富吗？

安葬爸爸的时候，是我记事后第一次见到了"爷爷"、"奶奶"，墓碑上贴着他们的照片，写着他们的名字。英俊的爷爷、漂亮的奶奶着实让我吃了一大惊，体体面面地坐在那儿，让我有了一些说不出的亲近感。村庄里来了好些人，他们看着我，我看着他们，无数的手机、相机举在了我面前，我不知所措。没有一个我认识的人，却也没有陌生感。远房的大哥安排几十人的大宴，我却逃离了餐桌，堵了几十年的这颗心呀就快跳出来了。我必须逃脱，我怎么有脸在这个温暖的大家庭里被敬酒啊？

八十岁的姑姑一直拉着我的手，我像个木头人一样被拉来扯去的。我是谁？是这个村庄的人啊，是爸爸刘世杰的女儿啊，我从心底里叫了一声爸爸，我不能断定这次出声了没有。

爸爸的去世姥姥并不知道。

生病的最后日子，姥姥还嘱咐我："有空多去看看老刘。"估计姥姥对我此生叫出一声"爸爸"不抱任何希望了，否则她该说："有空多去看看你爸爸。"

骨肉相连，分开了就出血

姥姥说："当兵的就是这个命，国家使完了咱再使。人家那些个命好的妈，国家使完了当妈的接着使，跟着沾光。咱这个当妈的命不好，国家使完了就完了，该这样。"

姥姥有六个孩子，三男三女。最小的儿子叫倪道远，二十六岁那年在部队为救战友牺牲了。走的时候是个连级干部，还没结婚，未婚妻是邻村的一个农家女。

小舅的死对姥姥来说就是"天黑了"。姥姥咬着牙等到天亮，一宿的工夫，才五十几岁的她一口后牙全酥成了粉面儿。

悲伤的姥姥说："当兵的就是这个命，国家使完了咱再使。人家那些个命好的妈，国家使完了当妈的接着使，跟着沾光。咱这个当妈的命不好，国家使完了就完了，该这样。"

很多年后我说姥姥："你这完全是英雄母亲的豪言壮语啊！"

真的，一个母亲以这样的胸怀来安抚自己失去儿子的心灵，是多么悲壮又多么了不起啊！姥姥知道当兵的使命和职责；姥姥知道送子参军是光荣也是奉献；姥姥知道当兵的人是母亲的儿子也是国家的儿子……什么都明白的姥姥自己承载着巨大的悲伤。

　　姥姥说小舅当兵走的那一天，她的眼泪就一直擦不干，喜悦的泪水啊！全水门口的人恨不能都出来送小舅舅，敲锣打鼓地很是热闹。小舅舅穿着宽大的绿军装，眯着眼睛一直微笑着，性格内向的他一遍遍地和姥姥说："妈，我走了。"直到姥姥推他，他才转身上了卡车。小舅舅说他看着姥姥的嘴在动，可听不着她说什么。其实姥姥一直在说："走吧，快走吧……"只是姥姥的声儿被热喉咙卡住了。

　　这是她最偏爱的小儿子，从小就懂事。虽说是小子，却净帮着姥姥做闺女的事儿，洗个菜、做个饭、缝个被子，小舅都会。啥脾气没有，就知道笑。

　　料事如神的姥姥怎么也没想到，这一送子参军就彻底把儿子送走了。

　　满墙的喜报和奖状，曾是姥姥家里多么辉煌的壁画呀，姥姥看了又看，摸了又摸，这是姥姥这个母亲特有的光荣。小舅进步得那个快呀，一级二级地噌噌往上升，姥姥断定儿子能当大官。姥姥跟二舅说："前面那五间大瓦房你自己住吧，你弟往后得住大楼了！"

　　可小舅他那么年轻就牺牲了，姥姥怎么承受得了啊?！

　　以后的日子，姥姥不敢看穿军装的人。在姥姥眼里，头戴红五星、身穿绿军装的小伙子都长得和小舅一样。民政局来人要把家里门上挂的"光荣人家"牌子换成"革命烈属"时，那么讲理的姥姥死活不让。莫非她觉得儿子没死？

小舅的骨灰安放在荣成的青山烈士陵园，几里地的路姥姥一次都没去过。

我逗姥姥："你这个当妈的够狠的，你不想儿子？"

姥姥说："他整天在我跟前，想么（什么）？"说得怪吓人的。

"在哪儿啊？"

"死去的孩子只有当妈的能看着，别人慢慢就忘了。"

有一次看电视纪录片，一位缉毒英雄牺牲了，她母亲去看他。母亲平静地走近棺材，突然举起右手，朝躺在棺材里的儿子狠狠地扇了一个耳光。"你这个不孝之子呀，咋不跟妈说一声就走了？"

我泣不成声。我心疼姥姥连打儿子这一巴掌的机会都没有，憋在心里的这份痛谁帮她释放呀？

小舅死的那一年，家里把他的军装、遗物都收起来了，谁也不再提起小舅的名字。小舅生日的时候，姥姥一如往年早起做一锅打卤面，中午蒸上大馒头，晚上包顿肉馅的饺子。不提也不说，谁都知道这是为小舅做的。刚强的姥姥就这么挺着……只是吃面的时候，姥姥把碗扣到脸上了，半天放不下，任凭泪水往面里流淌。面里盛不了了，泪水又顺着碗滴到桌子上。只有这个时候，这个失去儿子的娘才会痛痛快快地哭上一场。

　　姥姥的哭你真是见不得，没有任何声音，只看着喉咙上下起伏，偶尔你会有种错觉，她的嘴角是向上翘的，像是在笑。我怕姥姥哭，又愿意姥姥把苦水流出来。只有九十斤重的姥姥身上有多少泪水呀！

　　四十多年过去了，如果小舅活着，也该快七十的人了，如果还当兵，荣成这个出将军的城市，"就又多了一个大官"。

　　前些年，小舅的一个战友来了封信，我念给姥姥听。一封很普通的信，也就说了他现在转业了，在张店生活，问问姥姥身体怎样。念这封信我可算惹祸了，姥姥哭得都要昏过去了。

　　不是说时间可以抚平一切创伤吗？错了，错了，儿子的死对于母亲来说，心底的伤痛永远无法平复，时间算什么呀？四十年了，姥姥没有一天忘记过小舅，莫非是听说了和小舅上下铺的战友如今儿孙满堂，勾起了她的伤心？莫非姥姥岁数大了，不刚强了？不是，都不是。

　　姥姥病了好几天，躺在床上不吃不喝。对不起，姥姥，四十年了，不知道你还这么悲伤；对不起，姥姥，四十年了，不知道小舅还一直在你心里……

　　姥姥，你当年为什么不哭呀？你该哭出来就好了。想了四十年了，多刚强又多软弱的母亲呀！姥姥说她不敢哭呀，她怕泪水流出来就再也擦不净了；她不敢想呀，她怕这一想就再也想不起别人了；她不敢去看呀，她怕去看了儿子就再也活不起了。

姥姥说："你小舅这孩子鬼（聪明，心眼多）呀，这些年家里有点大事他都回来凑热闹。我过生日他年年都来，你妈你舅凑齐了管哪会儿也少不了他，青岛、北京、淄博他都不嫌远。家里要有个喜事更少不了他，你看他忙乎的，见了谁他都想抱一抱、亲一亲。那些小辈儿的他都没见过，他给人家又买糖又买玩具的，大手大脚的，好像他有多少钱似的。好几回我都说他，你来弄么？家里人都把你忘了，再来妈就不高兴了。你小舅最会哄我了，脾气又好，眯着眼睛一笑，说下回还来……"

我真害怕了。姥姥这不是胡言乱语吗？小舅不是死了吗？怎么还到处走啊？

"孩子，你别怕，你这个家你小舅也常来呀。你去过的人民大会堂、中央电视台你小舅都跟着去了。"

姥姥说得怪吓人的。

有时我也逗她："姥姥，今天咱们吃饺子，还不让你小儿子也来吃一碗？"

姥姥笑了："这个他不稀罕。你小舅当兵的那个长岛鲍鱼、海参都有的是，他可是吃够了。"

姥姥还真不是吹牛。六岁那年，我曾跟随姥姥坐船去小舅的部队探亲，那个时候的长山列岛真是富裕啊！海是深绿色的，沙滩是褐色的。我们都是用洗脸盆吃鲍鱼，临回家我还带了一大包鲍鱼壳。传说把壳磨成面儿，哪磕了、碰了一抹就好。

姥姥说："那天咱在倪氏海鲜过生日，你小舅还来了。每道菜他都尝了，这小子有个口福。这孩子还是能吃个咸，那一碗的虾酱都让他吃了。我说齁着嗓子，叫他喝点水，他不喝，倒把那瓶子白酒都喝了。从前你小舅滴酒不沾，喝一口就脸红，这阵儿怎么这个能喝个酒……不学个好！"

姥姥说得那么具体，跟真的一样，我有些心酸。想想那天姥姥过九十六岁的生日一脸的欢笑，怎么没看出姥姥的异样呢？

倪氏海鲜是北京一家红火的海鲜城。就因为有个倪字，不下一千人问我是不是我开的。我说是，你们只管去吃吧，结账的时候说认识我就不用付钱了，看人家不追出来打你。哈哈，人家老板也姓倪。我哪有那本事，开那么大的饭店？还经营得那么好。名人不是能人啊，职业使之成为名人的人就更没多余的本事了。

倒是因为姓倪，沾了不少倪氏海鲜的光。人家送了一张卡，吃多少都不用花钱，刷卡就行了。我真是很少去，拿着卡就更不好去了。谁的钱也不是海上潮上来的，咱心疼老倪家这"店小二"的不易。

倒是姥姥过生日我厚着脸皮领着一大家子十几口人都去了，想到姥姥还能过上几个生日，也就不客气了。老倪家的人真是费心了，寿桃蒸得那个漂亮，菜那个讲究啊，我都不知说啥好。

只要姥姥高兴，我啥都豁得上。这些年我一直是这样的心愿，尽我所能让姥姥没有遗憾地走。我真是幼稚，"多幸福人也会留有遗憾的，要不字典里还能有这两个字吗"？

那天生日我提前部署好了，晚辈的第三代每人给姥姥一个红包，里边只装五百元。去年每人是给一千，可姥姥毕竟老了，钱多了到处塞。

结果姥姥拿起红包手一摸随口说出："嗯，比去年少一半，收成不好。也对呀，庄稼还有大年、小年的。"

我赶紧催大家，"快，每人再加上五百，年年丰收、年年大年！"

姥姥没老啊，一点儿也不糊涂。重新拿上一千元的红包，姥姥高兴了。

我逗姥姥："你过生日，我小舅给你送红包了吗？"

姥姥说："他给我的红包当兵那些年就都给齐了。"

是啊，姥姥的日子真正开始富裕就是小舅当兵以后。姥姥从每月六块钱的战士津贴一直花到五十四块钱的连长工资。

小时候我们都花过小舅的钱。

小舅临牺牲的那年夏天还去过青岛我家，按姥姥的说法，他是去和我们告别的。

那时我和哥哥都在上小学，只有晚上放了学才有时间和小舅玩。印象中他也像个孩子，除了笑就是笑。临走他给我和哥哥一人买了一双回力球鞋，高兴得我们呀，每天恨不能抱着鞋睡觉。

鞋还没穿破，小舅就死了。我妈是他的亲人中第一个接到噩耗的。

那些年我家住齐东路派出所院里，半夜有人喊我妈的名字，说部队的长途。我妈当时腿就软了，十二个台阶怎么也下不去。那年月，只要是长途电话，又是半夜打的，绝对凶多吉少。回来的这十二个台阶更上不了啦，我妈坐在那儿掐掐自己的腿，是梦吧？

我记得当天夜里我妈就走了，走的时候她只说了一句话："我可能好几天才能回来。"

我妈说她在太平间里见到小舅的时候真想说："弟弟，你怎么在这儿睡呀，回家吧，妈还等着你呢。"小舅的脸红扑扑的，好像还有血脉。

五个儿女抱着小舅的骨灰去见他们的母亲——我姥姥。妈说第一次觉得家这门槛太难跨了，不知道怎么张口叫妈叫爹，不知道怎么伸手把躺在骨灰盒里的弟弟交给爹妈。

部队的领导从师长到政委全来了，呼呼啦啦一大堆人出现在姥姥家院子里。姥姥说她当时眼睛就黑了，天塌了。

儿子对母亲来说，无处不在。有时看到我们出国，姥姥随口也说，你小舅啥都见过了，就是没吃过洋饭。我说，好，等我再出国就把你儿子带上。姥姥说："捎上吧，又不用买票，又不花你的钱。"

那次我从美国回来告诉姥姥，你儿子真能吃，牛排都吃三份，洋酒喝一瓶。姥姥说："好哇，见过了、吃过了就行了，我跟他说别让他再跟着了。这回飞机也坐了，外国也去了，了啦，了啦……"

真真假假，我清醒地糊涂着。

姥姥说起小舅的那个神情让你心如刀绞。在姥姥所有的语录里，你翻不出一句对失去儿子的母亲有用的话。

又一年小舅的生日，姥姥是在北京我家。一大早我们就带姥姥出去了，不想让她有空闲想儿子。去看电视塔，去逛商场，中午饭也不回家，请姥姥去吃自助餐，贵宾楼最好的。

儿子一趟一趟地去给老奶奶拿吃的，光法国烤蜗牛姥姥面前就摆了三份。我教育儿子，吃多少拿多少，不可以浪费。

姥姥说："吃吧，你小舅能吃，都吃得下。"

姥姥把这三份蜗牛都吃下了，眼里浸着泪水，可嘴角依然是向上翘的。哭吧，姥姥，哭吧！

"怎么能忘记呢? 除非我死了。孩子，别害怕我哭，有泪的人也是幸福的。我不是哭你小舅，我是哭自己呀。"

哭自己。

姥姥去世了我才想明白了一些事。莫非这是姥姥心中的遗憾、心中的盼望? 她心疼儿子没有享受到今天的好生活，她遗憾儿子没有赶上这么好的时代? 她苦于这一切当娘的都享受了，而儿子却没有。她是幻想还是迷信? 她是糊涂了还是清醒了? 姥姥始终没有给我一个准确的答案。也许她自己都不知道，我何必弄清楚呢。

我能够弄清楚的就是母亲对儿子的血肉相连之爱，这种爱你不能称其为小爱。这也是一种大爱，爱到灵魂里。

姥姥说 :"骨肉相连，分开了就出血。不信你试试? 从骨头上剐下肉，你多快的刀、多高的手也剐不净。"

现在姥姥的大爱回归到小儿子的怀抱了，他们娘俩在天堂见面了。姥姥会笑呢还是会哭? 我不知道。

如果有下辈子……

姥姥说:"遗憾就是专门留下的,要不就没有这俩字了。"

姥姥很开放,也很保守,春夏秋冬一年四季都穿着袜子,莫不是嫌自己小脚?"从包上脚就穿着袜子,习惯了就好了。"姥姥每天泡脚也必须是家人都走了,灯关了才脱下袜子。

年轻的时候姥姥就这么"见不得人"。

夏天的夜晚,吃完饭,家中里里外外都收拾停停当当,开着门亮着窗,姥姥就挎着篓子上河里洗澡去了。

河是水门口人的大澡盆,女人在上游洗,男人在下游洗,小孩可以两头儿乱窜。

我自然是跟着姥姥在上游洗,但也不许靠近她,姥姥就那么"见不得人"。我好奇,在河岸的草丛中藏着偷看姥姥。洗澡时姥姥从不脱衣服;最多把斜襟小褂的扣子解开就算脱了,一条毛巾伸进衣服里上下抹着。姥姥一般是坐着洗,水没到她的腰,远看像在水上漂着。看惯了梳着纂儿的姥姥,散开头发可不像她了。穿着衣服进水,洗完了澡姥姥就坐在大石头上等风吹干了,又梳上纂儿回家,和没洗过澡的姥姥一模一样,只是身上多了些香胰子味儿。

北京豪华的地方我都领姥姥去体验过了,但从来没想过去洗浴中心，对姥姥来说那是禁区。

但姥姥可以看那些裸体油画，每回看了画上西方古典的肥女人，姥姥都大笑，不知她笑什么，笑得满脸通红。你问她，她最多说一句："都吃得太好了。"笑死我们了。

我们给她看韩美林的挂历，上面全是写意的裸体女人，对照韩美林那朴实"幼稚"的本人照片，姥姥怎么也不相信这个"坏小子"画得那么神，姥姥称他为神仙。一直也想带姥姥去韩神仙的博物馆看看画，看看那些神奇的雕塑，看看韩神仙本人，看看神仙那漂亮的小媳妇，最终因妈妈的阻拦，"这个熟透的瓜不敢到处搬"而没有成行。李肇星部长邀请姥姥去钓鱼台吃顿"国宴"也没成行。姥姥留下了太多的遗憾。

姥姥说："遗憾就是专门留下的，要不就没有这俩字了。"又是平衡，合情合理。

姥姥什么都不遗憾，什么都知足，什么都自己平衡，反而让我心里不好受。这是付出啊，自然地付出是什么？不是习惯，习惯还可以改呀！我们的许多好习惯不也是随欲望而改变了吗？改变为了自己其实也不是什么难事，每个人的本性里都有自私自我的一面，就像星星之火，一点就着。姥姥也是有五脏六腑的人啊，姥姥就没有想点燃自己欲望的时候吗？现在不是流行一句话叫"要爱自己"吗？

从蒙特利尔电影节回来，我急于告诉姥姥我获得了国际 A 类电影节的最佳女演员，我想告诉她这是一个对我来说很重的奖杯，尽管那时我个人陷入了一个不能言说的窘境。不想宣传，不想让媒体炒，不想让人庆祝，不想与人分享，更不想成为焦点，只想让姥姥知道。

结果电话里的姥姥像是没听见一样，一大堆的喜讯只换来了姥姥一句话："我多会儿去北京？谁来领我？早些点儿，天快黑了。"

姥姥知道自己的日子不多了，不要那么多理儿，也不要那么多面儿了，光着脸说出自己的心愿吧，她想来北京我的家，要走也从这儿走吧。

"从你这儿走不用遭罪？"

我无数次把姥姥的死描绘得很好、很具体，我让她放松，放松地睡去。她信了，我也信了，其实我就是盼，盼着这样。谁也没死过，更没有老死的经验，我哪知道会有什么样的痛苦？谁死了会回来告诉活着的人死是什么滋味儿？

勇敢地面对死亡，接受这个不可改变的事实。我给自己打气儿，也试着给姥姥减少恐惧。

"这都是知道自己死不了的人给快死了的人送的不花钱的礼，一点用也不管。"姥姥笑着说出了一个真理。

"那管用的是什么？"

"管用的就是那个假话，你的病能好，你死不了。"

我们一次次地用假话骗着姥姥，给她身上装上"大师"祈过福的红包，床的方向、桌子的摆设都按大师的指点。姥姥可信了，一天摸几次红包，生怕护身符丢了老天就把她带走了。

晚年的姥姥剪了短头发，理发师必须是小姨，从没有第二个人动过她的头发。我曾几次申请给她剪一次，她都不同意。

我说儿子的头发从小就是我剪，你还不相信我？你猜姥姥怎么说？"你剪的头发太短了，这么大岁数了，一副不安分的样儿，不好，叫人家笑话。等下辈子吧，下辈子你给我烫个头，卷个卷儿，也染成黄的……"

姥姥一辈子怕人笑话，一辈子为"人家"活着。和许多我行我素的人相比，姥姥一生都是四肢蜷着过，心里从来没有真正意义上地伸展过，她不委屈吗？

如果有下辈子，我不想让姥姥这么活着了。我盼着她烫着头发卷着卷儿、扑着胭脂抹着粉；我盼着她飞扬跋扈、横行霸道；我盼着她自私自利、目中无人；我盼着她凡事先替自己想，谁都不爱，只爱自己；我盼着她穿金戴银、吃喝玩乐……到那个时候我还申请做姥姥的外甥。换一个活法儿不也挺好吗？反正脸皮撕开了，没脸了倒也不用顾忌了。你骂我一句我骂你三句，你打我一拳我打你十拳，反正不能吃亏吧！

老说吃亏是福，福是什么？福在哪儿啊？幸福不是千万种吗？干嘛只选择那一种？

哈，这么写着都觉得痛快、过瘾。

不知道在那个世界的姥姥听了这番话会怎么说，《姥姥语录》里没有这样的话。

Ⅱ.

人生或许就该是这样……

什么日子都是掺合着过

姥姥说:"管哪儿的肉皮都好撕开,就是脸皮不好撕。撕一块儿你试试? 这一辈子脸上都有块儿疤。"

辩证地看待一切人和事,什么事到了姥姥那儿都能圆起来。

好些人问我,你们一大家子住一块儿乱不乱啊? 没有矛盾?

乱是乱,可还真没有矛盾,也从来没吵过架、红过脸。

姥姥说:"管哪儿的肉皮都好撕开,就是脸皮不好撕。撕一块儿你试试? 这一辈子脸上都有块儿疤。"

"人得爱惜这张脸,姥姥,是不是? "

"没有办法,脸整天露着没有衣服穿,你就得要脸。"

有相当长一段时间,大概七八年吧,我们家十几口子人都住在一起。两个表妹、一个妹夫、侄女、儿子的爷爷、爷爷的保姆、姥姥、妈妈、儿子、我、先生、先生的弟弟、弟妹都住一个院儿,阿姨恨不能一天做八顿饭。张三吃了,李四还没起床,王五出去,赵六还没回来,家里像赶集一样。姨舅、哥嫂再来,多大的餐桌都挤得满满的,每次吃饭都像在开会。

姥姥说："好哇，你真是有个福！如今这社会想找这么些人来吃饭还不好找哪，你们城里关门堵窗地自己过，大脸看小脸有个啥意思？"

我心想，姥姥你真是站着说话不腰疼，这一大家的人，忙乱得我呀……其实这么忙乱只有一个目的——让姥姥最后的日子快乐、幸福。这些表妹、侄女都是姥姥的亲孙女、亲重孙女。

"不是我有个福，实在是你这个当奶奶的、当姥姥的有个福呀！"

姥姥乐了，笑中含着感激。

那些年是我最忙的时候，每周都要录栏目，还有各种节日晚会的直播，可是怪了，那也是我最快乐的日子。工作忙，心里静，每天快乐得只剩下笑了。

如今姥姥走了，表妹们也都结婚生孩子自己过了，家里真就只剩下大脸看小脸了，也就真怀念那"赶集"的日子。

什么日子在姥姥眼里都是掺和着过，对比才知道好赖，"不看看小的，不知道自己老了；不看看床上躺着的，不知道自己能坐着有多好"。姥姥九十多岁了还能满屋子走，很知足。

儿子的爷爷长年躺在床上不能自理，姥姥没事就上去陪老人家聊天儿，一个山东人，一个河北人，谁也听不懂谁说的话。爷爷两个耳朵都背，姥姥是左耳朵听不清，右耳朵也不太好使。

可你常看见他俩坐在一块儿又说又笑，其实都是各说各的，根本不知道对方说的啥。两个人抢着说，抢着笑，一声高过一声。九十岁的姥姥还给八十岁的爷爷倒酒，倒一杯洒半杯。湿了床单，姥姥还瞪着眼说，爷爷又尿床了。笑死我们了，也笑哭我们了……人世间的温暖，两个老人的良善，是那样地打动你！

看不见的爷爷心里最有数，哪只手是姥姥给他搓的，哪只手是阿姨给他搓的，他都知道，他的报答方式就是给姥姥唱上一段当年打游击时在白洋淀唱的河北梆子。姥姥佩服爷爷的"革命乐观主义精神"，她无数次地叮嘱我们要好好伺候爷爷。

姥姥说："老天爷的眼二十四小时都睁着，你干的事他都能看着。"

姥姥的持家方法很简单：管事的人要一碗水端平、一把盐撒匀。

姥姥不让家里任何人吃剩菜，菜出锅的时候先盛出一碗。

"一样的菜，大伙吃剩了再换八个新盘盛上，那个味儿也不一样。"

大事、小事姥姥都用心过，她说她不累，习惯了就不累。

不累的姥姥其实累了一辈子，我最有体会。

两个妈

姥姥说："实际上你妈是最疼你的，不一定背着抱着就是爱，不一定给口吃的喝的就是爱，你自己当了妈就知道了。"

"脸皮厚、胆子大的人就该在台上唱戏，这样的人在过去可不好找，现在遍地都是。"姥姥指着电视上那些唱歌跳舞、参加选秀比赛的年轻人说。

姥姥说我三岁就不知羞不知怕地在众人面前唱歌跳舞。那个时候我常跟姥姥、舅舅往返于石岛和青岛之间，我们一般是坐客船去，夜里上船，清晨到达。船票的价钱比汽车、火车都便宜，只是太颠簸。遇上风浪大的时候，恨不能一船的人都在吐，只有我满船地飞跑，上下三层的船舱没有我不敢去的地方，船长的驾驶舱、船上的厨房都是我常待的地儿。船长说："这个小嫚儿长大了可以当船员，平衡很好，不知什么叫晕。"

天气好的时候，餐厅吃完饭他们会把我抱到大桌子上跳舞，姥姥说跳到一个人都没有了，我还在那儿跳。因为我的"演出"，姥姥常常是买了三等舱（在船底层）的船票而享受着一等舱的待遇，躺在床上就能看到"海上生明月"。

"姥姥，能不能说你就是最早发现了我有表演天赋的那个伯乐啊？"

"可不是我，是水门口。"

　　姥姥在我还不到两岁的时候就把我接到了水门口，是从青岛机关幼儿园的小木马上接走的。她说在全幼儿园二十几个孩子中一眼就能找到我，鸡蛋黄一样的头发只有几绺，在头顶上粘着，脑门大得吓人，眼睛不小可老是泪汪汪的，地包天的嘴像个小老太太。大姨去抱我的时候才发现我的双腿是用布条绑在木马上的，木马下还有个小痰盂。拆开布条的死疙瘩把我放到地上，我竟然连站都站不住，即使大姨扶着也是一对儿小罗圈腿，严重的营养不良。

　　姥姥说："连笑都不会。"

　　妈妈既要上班又要带孩子，还是单位的团委书记，最后她只能顾上一个孩子——我哥哥，而我被放在长托幼儿园，几个月接一次。

　　姥姥说，怕我一辈子"不会笑"，她咬着牙把我接回了水门口。那个时候姥姥自己的小女儿才不到九岁，又是三年自然灾害期间，树上的榆树叶子都被人吃光了，拿什么养活我这个城里的小外甥？

　　为了小外甥能笑，姥姥把村里能借的鸡蛋都借来了。后来又把从娘家带来的一对儿银镯子卖了，换了一炕的鸡蛋。

　　"鸡蛋真是个好东西，才吃了不到一把（十个），小外甥就会笑了。"

从那开始，无论多穷，鸡蛋在我的日子里就没断过，蒸着吃、炒着吃、煮着吃，一个吃得下，三个也撑不着。姥姥说我就像浇了水的栀子花，噌噌地往上长，夜里静的时候她都能听见我的骨头嘎嘣嘎嘣伸展着。半年后母亲从青岛来看我，简直不敢相信这是她的那个黄毛丫头。

"会笑了"的我，笑得都让姥姥害怕，见了谁还没说话先笑。笑换来了无数好吃的，一块馒头、一碗面条、一个小萝卜……给啥吃啥，谁抱都跟着走。山上烧的蚂蚱，树上抓的知了，只要给我，我就敢张嘴。姥姥说四岁的我就会串门儿了，经常吃饭的时候就找不到我了，谁家包个饺子蒸个馒头啥的，我准能吃得小肚子溜圆才回家。

那个时候，水门口的村南头有一片生产队的瓜地，夏天我恨不能睡在那儿。看瓜的舅姥爷用几片瓜叶子把我盖起来，我抱着一个比我脑袋还大的甜瓜满嘴满脸地啃，啃饱了就在那儿睡，睡起来又顺手再摘一个。四岁的我还知道把背心别进裤子里当口袋，然后再把瓜藏在肚子上带回家给姥姥。三年自然灾害，全国人民都勒紧了裤腰带，我的肚子一点都没亏着。

"姥姥，你那意思，我是吃水门口的百家饭长到一米七三的？"

我至今也不能确定，如果没有水门口四年的"野生活"，继续在青岛机关幼儿园长大的我，会不会是今天的我。

　　水门口是个爱热闹的村庄，节日里常有剧团来唱戏。不大的村庄有个挺大的戏台，四根木头柱子围着四四方方的台面，柱子上只要挂起幕布，我就知道今晚有戏了。逢年过节的戏台呀，简直像炸开了的锅，那番热闹劲儿可以和如今世界上堪称最热闹的圣诞节时的纽约洛克菲勒广场媲美。

　　水门口的戏台前也有一个广场，只要晚上戏台放电影、演大戏，那个广场头三天就被各种各样的板凳、石头块儿和蒲团占满了，石头块儿是孩子们占的，蒲团是给老太太们占的。上千块儿石头、上百个蒲团，谁家也不会重复，谁家也不会认错，真怪呀，就像今天的星级影院一样，提前订座，准确无误。

　　每逢这样的日子，村里就像过年一样，家家的烟囱都是下午三四点钟就开始冒烟，饭桌上的饭菜比往日香了许多，时间也提前了许多。吃过饭，大姑娘、小媳妇开始往脸上擦粉，太阳还高出山头一大块，全村的人就都聚齐了。

　　戏台后的艺人忙着敲锣打鼓，戏台前的村民忙着打招呼说话，那情景也特别像今天人们参加露天 Party 一样。虽然手上没有酒杯，可那份真实和快乐无可比拟。

　　太阳一下山，戏台上的灯就全亮了，看戏的人心里也就开始沸腾了，大人、小孩全都笑裂了嘴，其实还什么都没看到，只是心里的那些盼望使大家满脸开花。这时候最热闹的还不是孩子，是那些蛾子们，它们围着锃亮的汽灯毫无顾忌地飞舞着、冲撞着，那赴汤蹈火在所不惜的壮举真是感动你啊。

孩子们在大人的腰缝里挤来钻去的，嬉闹着、追打着，简直要乐疯了。我是这群孩子中跑得最欢的一个，常常是摔了大马趴，眼泪还没掉出来就被大人抱上戏台。"来来，城里来的小外甥，唱个小定保过年，唱唱就不疼了……"我毫不怯场地学着大人的样子唱上一段吕剧《王定保借当》。也怪了，好多戏我听一遍就会跟着哼。场院上晒麦子，地头里刨地瓜，谁让我唱我都唱，没完没了。

姥姥说："你小时候那脸皮呀，比城墙上的砖还厚一层。"

每到这时候，总是姥姥最先挤出人群上台把我抱下来，每回姥姥都说："这孩子，像谁呀，咋不知道害羞呢？她爹妈可不这样。"

在姥姥眼里，闺女家可不敢这么疯癫，她真担心我日后会成了"戏子"。

"脸皮厚、胆子大"的我真应验了姥姥的担心，长大以后我都读了艺术学院了，姥姥还总说："不好，不好，演戏这工作可不好，好吃懒做。"那时姥姥眼里在农村最正经的工作就是做个扛着锄头、一天能挣十个工分的农民吧。我的户口在青岛，是个城里的孩子，姥姥盼着我能像郝建秀那样戴着白帽子，在纺织厂做个女工。

戏台带给我童年生活的快乐，可不光是演戏呀，戏台就像如今孩子们眼里的游乐场、万花筒，孩子们想要什么，那戏台上就有什么。最神奇的是那块儿像白布单子一样的银幕，怎么一束光打上去就有活人在上面动啊？这个叫电影的东西竟然是那么神奇！看电影的大人们全都盯着它，它是用什么法子让人们一会儿哭一会儿笑啊？碰上大风天，银幕被刮得快要倒了，银幕上行走着的人也像快要倒了似的，人们就笑得更欢了。真想不到也就十几年之后吧，我就登上了这个叫电影的银幕，是水门口引领着我，还是姥姥说的"脸皮厚、胆子大"？

戏台简直就是一个欢乐场，有时候电影还没放完，放映员就大声嚷嚷："今天就到这了，下回再接着演。"原来他少带了一盒胶片，村里人谁也不说啥，一哄就散场了，下回准能补上。

戏散了，电影演完了，大人们扛着孩子、搀着老人、拎着板凳就回家了。和明亮的戏台相比，回家的路又黑又长，走也走不完，有时干脆闭着眼，扯着姥姥的衣角走，走着走着就睡着了。夜里好多孩子都尿了炕，玩得太快乐了、太累了。

水门口的山、水门口的水、水门口的淳朴民风养育了我，我天性中最自由的部分、最美好的基因都被开发出来了。六岁的我就会锄地，就会栽秧苗，就会收割了。上河里洗衣服，从抹布到床单我都敢往河里拖，洗干净了的衣服晒在大石头上，一会儿就干透了，给姥姥刷的鞋挂在树杈上，远看像是一个人在跳芭蕾舞。

姥姥说爱干活的我挡都挡不住，谁能解释我为什么会这样？我能解释。因为我当时说了一句六岁孩子无论如何说不出的话："姥姥的脚还没有我的大，走路干活多累呀！"我心疼姥姥。姥姥说，她从裹上脚的那一天开始直到她小外甥说出这一句话，她那委屈的心呀一下子松了，眼泪噼里啪啦地往下掉，谁想过小脚女人的苦啊？

姥姥说我是赶上好社会了，要不，一米七三的我裹上小脚？天哪，踩高跷了！至今我不敢演古装戏，好几部戏找我演慈禧我都婉拒了。穿上厚底鞋，戴上头饰，一米八几的慈禧？

秋天收苹果的时候，舅舅用梯子把我送到最高的树杈上，我从不知道害怕。最上边的苹果着光时间最长也就最甜，我一定是把最红的那一个先摘下来装进裤兜里，下了树就往姥姥嘴里塞，我觉得家里最该吃好东西的人就是姥姥。

我们的"骨肉相连"是不是就这么一点一滴地积累的？我不知道。从六岁回到青岛母亲身边读书，到十七岁离开青岛去济南上学，十一年的城市生活在我脑子里常常是一片空白。母亲的严厉、规矩使我很紧张，城里的好生活让我觉得不自由，

"自己不倒，啥都能过去；自己倒了，谁也扶不起你。"

　　"糖稀越沾越厚，苦菜越洗苦水越少。"姥姥的欢喜都是乘法，忧伤都是除法。

总有客居他乡的感觉。我努力地读书、刻苦地考个高分只有一个目的：别让母亲不满意。慢慢地我变成了和在水门口时完全不一样的孩子了，不太笑、不太说话、不唱歌也不跳舞，最快乐的时候就是一个人坐在那儿空想，想姥姥、想水门口。每天就是学校、家，家、学校，外面的一切都与我无关。我无数次地想，等长大了自己说了算了，一定回水门口当个农民，过一辈子守着姥姥、拉着风箱、收着麦子的日子不也挺好吗？

母亲从没有打过我，可我却那么怕她；哥哥挨了太多的打，可他从不怕母亲。母亲不在的时候我跟哥哥总是说"你妈"如何，我说姥姥也总说"我姥姥"。

"实际上你妈是最疼你的，不一定背着抱着就是爱，不一定给口吃的喝的就是爱，你自己当了妈就知道了。"

有人做过调查，问十个孩子，两种母亲你选择哪种。一种母亲从你生下来就一天也没离开你，一口一口饭地把你喂大，为了你她一生没有工作，你大了，她老了，她失去了最佳的工作机会，成了一个地道的家庭妇女，自然没有能力为你提供最好的读书、工作的条件；另一种母亲生下你就去奔事业了，她几乎没有看到你的成长，你是在保姆的怀里长大的，但她事业有成，甚至当了女部长、女总统了，她给你提供了最好的读书、创业的条件。你选择哪种母亲？结果是年龄小的孩子基本都选择了前者，成熟的孩子都选择了后者。

　　我问姥姥:"假如是你,你选择谁?"姥姥说:"那还用说?选第二个妈!"

　　我庆幸上天给了我两个妈,前者是姥姥,后者是母亲。

爱不怕分，越分越多

姥姥说："爱越分越多，爱是个银行，不怕花钱，就怕不存钱。"

姥姥跟着我在青岛过了一段和水门口不一样的日子。

那时我还在上小学，姥姥像个客人一样在我家住着。不再去井里挑水，也不用去河边洗衣服，更不用做饭、喂猪、喂鸭子了。不做这些，姥姥好像就没啥事做了，想帮我们补补衣服，妈妈的缝纫机全都取代了，姥姥成了闲人。白天，我和哥哥去上学，妈妈上班，姥姥就被关在了屋里，从太阳升起到太阳下山，姥姥的眼睛只盯着两个地方——墙上的挂表、窗外的楼梯。

读书的我这一天在教室里两只眼也只盯着两个地方，一是老师手上那块儿表，二是另一个老师手上的另一块儿表。放了学，我基本上都是飞回家的，我知道姥姥在家等我。真像去幼儿园接孩子的妈妈，生怕去晚了孩子会哭。

四月是青岛最好看的日子，到处盛开着樱花，八大关的几条马路简直就是粉红色的世界。为了留住姥姥，每个星期天我都带姥姥出去逛。从中山路逛到栈桥，再从栈桥逛到鲁迅公园。小脚的姥姥走在大街上简直就是挪动，我也从不嫌慢，走累了我们就坐在马路边上歇着。那时的青岛车不多，人也少。中午我们都是带着饭，背着水壶，饿了就吃个馒头，渴了就喝口水。有一回走到黄海饭店门口，我看姥姥实在走不动了，就坐在门口的石凳上歇着。回头看着饭店两个字就觉得特别饿。我说："姥姥，你知道身后这个大楼是干什么的？是专门吃饭的。"姥姥不信："吃饭还要这么大个地儿？那得吃啥呀？都是什么人吃啊？"我领着姥姥进去了，那是青岛当时最高级的大饭店。那个大堂啊，那个大理石地面儿啊，简直让姥姥看呆了。我和姥姥手拉着手这儿走走，那儿转转，和进进出出住店的人没什么两样。出门的时候，服务员小姐还热情地说："欢迎再来。"

"我会再来的。姥姥，等我长大了，就领你来这儿吃饭。"

我发现所有小时候我的愿望、我的预言后来都实现了。多年之后，青岛已经有了海天、香格里拉这样的大饭店，我对黄海饭店依然有一种敬爱，因为在我挣钱以后真的在那儿好好地请姥姥吃了一顿饭。

出了饭店的门我和姥姥都松了口气。人家没撵我们，对我们很客气，说明在这饭店里吃饭的人也没什么了不起的，也不是红毛白脸的外国人。体面的姥姥，上身穿一件咖色云纱斜襟小夹袄，下身一条合适的黑裤子，脚上一双白袜子外罩一双小皮鞋，多好看哪！姥姥也夸我好看，咖啡色的旧条绒背带裤子里穿一件小布格子绒衣，脚上是一双牛鼻子皮鞋。多讲究的一老一小啊，哈哈，就是口袋里没有钱。

我和姥姥坐在黄海饭店吃大餐的大门口吃着我们自带的小饭。一人一个馒头，馒头里夹着一片很薄的咸菜，手绢里包着两瓣蒜。

"不对呀姥姥，我妈不是给咱俩馒头里一人夹了一个煎鸡蛋吗？"

"我给你妈偷偷装到她饭盒里啦！"

"你等着我妈晚上回来呲儿你吧！"

又让我说对了，晚上吃饭的时候，我妈几乎是把那两个煎鸡蛋甩在了姥姥的碗里。

我妈最烦我姥姥这样的"爱"了，我姥姥又偏偏只会这样的"爱"，她们母女的爱呀，总是带着刺儿。"给块糖吃本来挺好的，可你妈就是得抹上点辣椒，甜在心里，辣在嘴上了。"

"姥姥，你说实话，你是偏向我妈，还是偏向我？"

"这路事儿不能拿到秤上称，一辈子也称不出个斤两了。你妈上班费脑子又费劲，挣钱养活这一家人，你妈在秤上就比你重；等你长大了，挣钱养活你妈了，那个时候你上秤就比你妈沉。"

"我长大了挣钱也不养活我妈，我哥哥养活就行了，你看我妈对我哥哥多好，给他吃煎鸡蛋，用煎蛋的油锅给我煮点白菜，就是后妈。"

"你妈连油锅煮白菜都不舍得吃，你没看你妈饭盒里就撕巴几块儿白菜帮子撒几颗盐粒子？"

和姥姥的宠爱相比，妈妈的严厉简直就是虐待，你刚伸手拿肥皂，她就说："怎么啦，小肥皂洗不了手啊？"

"那你妈连你使剩下的小的也没舍得扔啊，攒多了用炉子化成一团再聚成个大的，日子就这么过嘛。"

"那我哥用大的她怎么不说？"

"小子干大事，可不敢让他成天抠抠缩缩。闺女不一样，将来得持家过日子。你妈既不是后妈，也不是亲妈，是个合格的妈。"

合格的妈，这是姥姥对我母亲一生的评定。

姥姥说，她养孩子是喂了一群小肥猪，而母亲养的是两匹奔腾的马。

我从猪圈到草原，这个过程很痛苦。母亲的清冷常常让我感到孤独，我不明白母亲的笑容都给了谁，我盼着快点长大，离开清冷，去寻找温暖。

多少次，我和姥姥盘腿坐在炉子前诉说着妈妈的不是，我像一个长舌妇一样不依不饶地数落着母亲的种种不是。姥姥从不打断，我哭她也跟着抹泪，我笑她也和着哈哈，长大以后我才知道姥姥是有意让我宣泄。

"心里有气、有怨说出来就好了，不管真对真错，别留着，留日子长了，就长在身体里了。"

姥姥以她最原始的方式梳理着我那弯弯曲曲的心灵，即使这样我对我妈依然敬而远之。从来没有过任何亲昵的举动，就连母女之间最常见的手拉手、肩搭肩我们都不曾有过，迄今为止我们都没有拥抱过。

心不远，可就是靠不上，我把它称为不习惯。即使现在，年近八十的母亲与我朝夕相处在一个屋檐下过活，我也觉得我们是那样的不同于任何母女。百分之百的信任，万分之万的亲情，可也依旧相敬如宾、小心翼翼。

每天早晨，看着母亲在幽静的院子里挥舞长剑短刀，多少次我热泪满心。感谢老天让妈妈这么健康地活着，让我们有机会也有时间往平常人的母女关系上走近。多少次我想上去拉着母亲的手说回家吃饭吧，多少次我想说我帮你洗洗澡吧，多少个多少次，心已经启动了，可母亲的坚强好胜，不需要任何人的帮助只想帮助别人的独特性，又让我的行动迟缓了。取而代之的是母亲对我儿子的爱，几倍、几十倍！糖的外表抹的不再是辣椒，是蜂蜜、是巧克力，千层万层。我心疼母亲这份太深的爱，这份抹着辣椒的母爱，心疼母亲养育我和哥哥长大成人的不想言说的苦衷。真的，早就不怀疑亲妈、后妈了，早就后怕如果一直跟着姥姥在水门口，一直在小猪圈里不奔向草原，我和哥哥最多也就是一对儿可爱的小肥猪啊。

感谢、感恩从没有对母亲说过。

母亲是否为我和哥哥骄傲过，姥姥说："当妈的一辈子都觉得欠儿女的，你妈总说如果不是怎样怎样，小青、小萍会更怎样怎样；如果不是怎样怎样，小青、小萍……"

没有那么多如果，妈妈，姥姥说得对，你是一个合格的妈妈。

好多年前，评选十大孝子，主办单位找到我，我拒绝了。把我们这些做儿女的本应做的事拿出来当孝子楷模的先进事迹，太可笑了。就像父母养育儿女，你什么时候听说父母告诉大家我的美德就是照顾儿女，我对他们太好了？没有啊，孝是本能的、自然的、必须的、应该的，一个人不偷东西还要表扬吗？

孝敬是美德吗？不是，是应该的。

如今，我倒情愿母亲坚持不变，她以她的严厉养育儿女不是挺成功的吗？我和哥哥对于她来说是手心手背，她值得以此慰藉五十年的含辛茹苦。我们兄妹良好的品德、做人的尺度是她最满意的，也是她毕生追求的。"活着对这个社会有用，不只是索取，而且可以奉献。""你哥哥不是贪官，你不是废物我就很满意了。"母亲对儿女的要求是这么低又是这么高，只有我和哥哥理解，母亲是真正意义上的用心、用体力、用坚持把我们俩养大。

记得那是个夏天，我放了学一进家门姥姥就让我洗脸，

　　"在地底下埋的东西都是好东西，都是吃了有劲儿的东西，它往地里扎，那个力就是生命力。人也是这样，有本事的人都不是在表面能说会道，开个花几日就败了，扎个根儿人才能长久。"

"乐就是福。"

洗了脸姥姥又让我照镜子。天天洗脸天天照镜子，今天怎么啦？我从镜子里看到站在我身后的姥姥眼圈发红，姥姥说："这个脸盆架子是你爸妈结婚的时候买的，这个家里的家具中你妈最喜欢的就是这脸盆架子了。"可不是吗，红木雕刻的架子中间有一方上好的玻璃砖镜子，镜子的底角有两团原色的水磨石花。

姥姥指着架子的四脚："孩子，哪有这样的后妈？这个架子腿原先是四条刻花的抓角，从你自己开始梳小辫儿时起，你妈就开始一寸一寸地往下锯，为的是你能照上这个镜子，从镜子里看见你自己，既不用踮脚也不用驼背。你妈比你高，你合适了，她就得驼着背梳头；后来你长高了，你妈又用碎木头一寸一寸地往上钉，为的是你不驼着背照镜子；再后来你长得比你妈高了，你妈就踮着脚梳头了，直到你离开这个家，镜子的高度一直对你是最合适的，而对你妈就一直不合适······"

我确实不知道这镜子是跟我一起在长。

我只记得母亲常说："干嘛？落一撮头发让人揪啊？"

母亲啊母亲，就像姥姥说的"给人块糖吃，也得抹上辣椒"。

姥姥一生在我面前挖空心思地罗列着母亲对我的爱，可是有多少孩子能把辣椒吃了再吃糖啊？

"姥姥，你不怕我爱我妈就不爱你了？"

"爱越分越多，爱是个银行，不怕花钱，就怕不存钱。"

我们的爱虽然都是小钱、零钱，但在姥姥的理财下，我们一点点地储存着，富富余余地花着。如今的大家庭里，真的没有过一次争吵，没有过一次战争，已经习惯了，你的是我的，我的也是你的，即使有不顺心不如意也从没撕开过这张脸。"一家人是一张脸"，家里人都下意识地爱护着这张脸，有钱的多出钱，有力的多出力，保持着一个常温。人人都觉得适度，自由地进出，自由地来往，家是你随时想回的地方，也是你随时可以离开的地方，人人都有一把钥匙，但决不是负担。

如今是母亲在掌管着这个家，全家老小也都习惯辣椒裹着的糖，好在大家都能吃辣了。

自己不倒，啥都能过去

姥姥说："天黑了就是遇上挡不住的大难了，你就得认命。认命不是撂下（放弃），是咬着牙挺着，挺到天亮。天亮就是给你希望了，你就赶紧起来去往前走，有多大的劲儿往前走多远，老天会帮你。别在黑夜里耗着，把神儿都耗尽了，天亮就没劲儿了。孩子，你记着，好事来了她预先还打个招呼，不好的事咣当一下就砸你头上了，从来不会提前通知你！能人越砸越结实，不能的人一下子就被砸倒了。"

我生孩子的喜悦姥姥是第一个知道的。

孩子有病的消息姥姥是最后一个知道的。

不想让九十岁的姥姥再替我分担这份苦难了，尽管我自己无论如何是支撑不了的。

夜里躺在床上睡了，眼睛闭着，脑子醒着，灵魂站着，想着姥姥说的话："天黑了快睡，天亮了快起。"

姥姥把人类不可避免的灾难称之为"天黑了"。

"孩子，你再大的本事也挡不住天黑。毛主席的本事大吧？儿子在朝鲜战场上死了，老头儿不也是没法儿？一根烟接着一根烟地抽，等着天亮。"

　　姥姥从前就说过："天黑了就是遇上挡不住的大难了，你就得认命。认命不是撂下（放弃），是咬着牙挺着，挺到天亮。天亮就是给你希望了，你就赶紧起来去往前走，有多大的劲儿往前走多远，老天会帮你。别在黑夜里耗着，把神儿都耗尽了，天亮就没劲儿了。孩子，你记着，好事来了她预先还打个招呼，不好的事咣当一下就砸你头上了，从来不会提前通知你！能人越砸越结实，不能的人一下子就被砸倒了。"

　　我也就是孩子病的那个月开始抽烟的，人家说抽烟能帮助你消除一些恐惧。初次点上烟的时候，姥姥相当震惊，她知道孩子问题大了，否则我不会是这番景象——旁若无人地拿着烟坐在客厅的沙发上，烟灭了再点上，点上再灭了，不大的工夫，家里就像着了火一样，烟雾弥漫。姥姥咳嗽着，孩子被呛着，我全然不知。我只知道烟灭了，恐惧就来了。

　　这样的时刻一般都是后半夜。一家人都睡了，我一定是起来，我不想让他们来安慰我，家人的痛苦是一样的。道理我也都懂，只是无法说服自己，无法安静下来。我知道这样的时刻，房子里还有一个人睡不着，那就是姥姥。

　　坐在客厅里的我，灯是不开的，黑暗的屋里总是能看到有月亮的天空，那时正值冬天，天空格外的蓝。那个冬天的雪也比往年下得多，常常在半夜下。有了雪做伴儿，我痛苦无助的心好像有了些安慰。

姥姥不是说吗，"神是什么？你信它就有，你不信它就没有"。

我当然信了，对着天我虔诚地祈祷着："保佑孩子吧，什么我都可以付出，甚至生命。从此让我什么都看不见，只要保住儿子的眼睛。如果可以交换的话，我一分钟也不犹豫！"

那些日子，我的眼睛真的快看不见。我奶奶是青光眼，去世的时候双目失明，我父亲、母亲晚年时也都是比较严重的青光眼，日后的我恐怕也在劫难逃。着急、上火、哭，我眼前时不时地一阵模糊、一阵黑，这一切一切我全都顾不上，白天跑医院找专家，晚上坐在客厅抽烟，这样的日子持续了一个多月。

姥姥不知道发生了什么，因为孩子看上去一切正常，又吃奶又尿床，白天咯咯地笑，晚上呼呼地睡。一个白白胖胖的小重外甥摆在她眼前，怎么会有病？怎么是灾难啊？

姥姥不问也不说，这就是姥姥。她觉得我不告诉她就一定有不告诉的理儿，"凡事先替对方想"。

姥姥曾试探着劝我别抽烟，我说工作上有愁事，抽一段吧，等工作的愁事解决了，我就不抽了。

放烟的桌子上多了一包花生米，是姥姥放的。

想抽烟了，拿个花生放在嘴里，花生放进嘴里，烟又点上了。

一夜一夜，我在客厅里坐多久，姥姥就在她屋里陪多久。

我们看到的是同一个月亮，祈祷的是同一个神，我为儿子，姥姥为我。

我们心心相印，可姥姥却苦于帮不了我，主动提出回老家，不在这儿给我添乱。这是这么多年来姥姥第一次主动提出走，她是多么不愿意走啊！

走吧，姥姥，我是真顾不上你了。本想让你在这儿过上一段真正意义的天伦之乐的好日子，实现我五六岁就说过的愿望："姥姥，等我有了孩子，你给我看着啊！"那真是五六岁啊，我怎么会说出这么"不要鼻子的话"？

记得姥姥用布头给我缝了一个布娃娃，娃娃很大，抱在怀里像个真孩子，这是我童年的第一个玩具。娃娃的眼睛和鼻子都是姥姥画上去的，两条辫子是用黑毛线编的，衣服裤子也是姥姥做的。娃娃冬天还有毛背心，姥姥织的。

那时还不到六十岁的姥姥笑着说："嗯，等你有了孩子，姥姥早成一把灰上西天了。"

如今姥姥一直活到替我看孩子啦。

姥姥走前也不知道事情的真相，只是感觉一定是有大事。

她叮嘱我："孩子，记着，自己不倒，啥都能过去；自己倒了，谁也扶不起你。"

我努力地瞪着一双兔子红眼，想和姥姥笑一笑，也是嘴角往上翘，眼泪往下流，喉咙里热得一个音也发不出来。

　　"快乐你别嫌小，一个小，两个加起来，三个加起来，你加到一百试试？
快乐就大了。你不能老想着一天一百个快乐，你这一辈子能碰上几个一百的
快乐？"

　　"吃了一辈子小亏，占了一辈子大便宜……一辈子没有大幸福，小幸福一天一个。"

　　姥姥拍着我："你要是救不了孩子，谁也救不了。姥知道，就你行！"

　　姥姥没说假话，在她眼里，我是无所不能的那个人。

　　我记着姥姥的话了，我知道，我要是倒下了，儿子就没救了。我开始不哭了，如果哭能救儿子我愿意把身上全部的泪水都哭出去，可是没有用。我坚强地抱着儿子踏上了去美国的求医之路，这一走就是十年。

　　每年我带儿子去复查都像上刑场一般，等待着判决。直至去年，当大夫说："王，等你结婚的时候再来复查吧，一切很好，祝你好运！"我的泪水啊直接喷在了报告喜讯的大夫脸上。人间会有这样横着飞出去的泪水吗？有，这是母亲的泪水，是一个憋了十年的母亲的泪水。"儿子，咱六十岁再结婚吧！妈妈再也不想来复查了。"

　　这大好的消息姥姥已经无法知道了，她走了，她不知道从前也就不必知道现在了。可这巨大的喜悦我怎么那么想让姥姥第一个知道啊？

　　其实姥姥原本不知道这件灾难的事儿，但是我确信她一定知道在我三十九岁那年冬天遇上的"工作上的愁事儿"是我人生最大的一次劫难啊！

　　至今姥姥也不知道我儿子到底遭遇了什么，她只是劝慰我："享多大的福就得遭多大的罪，罪遭够数了，福又回来了。"

姥姥的金元宝

姥姥说："人生下来就得受苦，别埋怨。埋怨也是苦，不埋怨也是苦。你们文化人不是说'生活就是生下来活下去吗'？……什么是甜？没病没灾是个甜，不缺胳膊少腿是个甜，不认字的人认了个字也是甜。"

我参加工作的第一个月就给姥姥寄了十块钱，那时我的工资是二十一块。我知道姥姥太需要钱了。

十块钱，姥姥收到的欢喜堪比现在的十万。而对我来说，心里的抚慰远远超出了姥姥的喜悦，是十万的十万。

我太知道姥姥的穷了。

小时候村里来了货郎，不懂事的我能从村东头跟到村西头，眼睛总盯着那些花花绿绿的头绳，偶尔也看一眼包着玻璃纸的糖豆。货郎走了我才回家。

每次姥姥都摸着我的头说："等下次货郎来了，姥姥说啥也给俺小外甥买个红头绳。"

下次的下次姥姥也没买，姥姥一分钱也没有啊。

妈妈每个月来信都说，需要钱我就给寄去。

"姥姥你为啥不说需要钱呀？"

姥姥每次都说："在城里过日子，少一分钱也过不去一天。

在咱乡下没有一分钱也能过到年底。勤快勤快就能填饱肚子，挖筐山菜还能吃顿包子。你妈挣个钱多不易啊！"

那时候连买点灯油的钱都没有，太阳一落山姥姥就点起了月亮。没有月亮的夜晚，姥姥心里那盏灯就亮了，她会讲起许多神话故事，讲来讲去都是些善良的人最后得了个金元宝，凶狠的人最终穷困潦倒。我也常问，姥姥不也善良吗，怎么没有金元宝？姥姥说，有啊，金元宝就是你呀。

很小的我也真想变成金元宝给姥姥花，让姥姥吃最好的饭，穿最漂亮的衣服，住最好的房子。这一切在我长大以后都实现了，我真的成了姥姥的金元宝了。

我算挣钱比较早的那一拨，没挣过什么大钱，小钱却一直不断。我也是个存不住钱的人，有多少敢花多少，我总是相信我只要想挣钱，分分钟的事，从来没有对钱恐惧过。

姥姥总说那些老理儿："吃不穷，穿不穷，打算不到要受穷。"

姥姥看着我大把地花钱总是心疼，穷怕了，总是担心以后的日子政策会变，再回到从前。我告诉她钱是挣出来的，不是省出来的，没挣过钱的姥姥永远弄不清我说的这个"定律"。

三十年多前我去珠江电影制片厂拍《山菊花》，获得了当年小百花奖的最佳女演员，奖金六百块。多大的一笔钱啊！我给姥姥买了一块日本西铁城的小手表，那年月我自己还只戴了一块上海牌大手表，这是我去济南上学时妈妈送我的。姥姥说什么也不要，"一个大门都不出的老太太戴个小洋表，叫人笑掉大牙"。

姥姥的内心是喜欢手表的，戴手表的女人是职业女性啊。小时候，姥姥常在我手腕上画一块表，出去玩疯了回来晚了，姥姥就指着我手腕上那块"表"说，你没看看表都几点了？

姥姥的表一辈子就是太阳，看看太阳的角度就知道啥时候该做饭了。姥姥一生都没戴过表，可时间永远在她心里。

姥姥从二十年前就跟我来北京了，我领着姥姥吃遍了北京最贵的饭店，给姥姥买过最贵的镯子。我自己还没有钻石的时候就给姥姥买了，我发着狠地给姥姥花钱。坐火车买软卧还要十三级以上干部的单位开介绍信的时候，我就开始带着姥姥坐软卧。

这一切一切都缘于小时候的那根红头绳，那些难以忘记的穷日子……

姥姥终于给我买了，是用四个鸡蛋换的。

姥姥苦苦央求货郎，可人家不要鸡蛋："大娘，我还得挑着担子走好几个村啊，这鸡蛋到家不都碎了吗？"姥姥把生鸡蛋回家煮了再去央求人家，人家还是不要。"大娘，我这大男人哪能吃鸡蛋呢？不坐月子、不生病的吃了不白瞎了嘛！"

　　"日子得靠自己的双脚往前走，你看谁能帮你搬着你的腿走路？你爹、你妈也不能。大道走，小道也得走，走不通的路你就得拐弯，拐个弯也不是什么坏事，弯道儿走多了，再上直道儿就走快了。走累了就歇会儿，只要你知道上哪儿去，去干嘛，道儿就不白走。人活一辈子就是往前走，你不走就死在半道儿上，你为么不好好走、好好过呢？"

"人最值钱的就是知道自己几斤几两，没个分量你往大秤上站站试试？那个秤砣动都不动。"

　　从村东头说到村西头，红头绳终于说回来了，不懂事的我臭美得满村飞。现在想起这些还想掉眼泪，我就是这么着在姥姥的娇惯下长到六岁回青岛上的学。

　　以后每年的暑假我都回姥姥家，认字的我想着法儿地给姥姥挣钱了。掉在地上的小苹果我捡一篮子，逢赶集的时候就在村头卖给过路的人。一分钱四个，一篮子一上午就卖完了。那年月，村里谁都不敢"走资本主义道路"，我这个城里来的小外甥是胆大妄为呀！我不管，一心只想让姥姥有钱花。等一大把"银子"交到姥姥手里，盐钱、灯油钱就都有了。

　　假期快结束了，我就起早摸黑地给姥姥砍一垛山草留着冬天烧炕。姥姥后来说起这事还抹眼泪。姥姥说还没有草高的我呀，每趟从山里回来都背着个大草垛，那草垛大得呀，不仔细看都找不见人。太大的、背不动的草垛，我就用绳子往家拖，肩膀头、手背上全是血印子。一天上山几个来回，直到把草垛堆得和房子一样高，我才罢了。我就是不想让姥姥的炕是凉的，我知道睡在凉炕上的姥姥冬天会咳嗽得更厉害。

　　舅舅说送走了我，姥姥坐在草垛上掉泪。

　　这一冬，炕依然是凉的，姥姥依然咳嗽，草垛依然那么高。姥姥不舍得烧，看着草垛如同看见小外甥漫山遍野地砍草，"看着草垛心里比烧了炕还暖和"。

　　冬天的寒假特别短，我也坚决地要求回水门口，看看姥姥，再砍点柴。

可是一进院子就看到大雪下盖着夏天我给姥姥砍的那垛山草，走的时候啥样，现在还是啥样。本该不懂事的我也全然懂了，我抱着姥姥抹着眼泪。姥姥不停地安慰我："这个冬天不冷。"

我盼望我是姥姥心里的那团火，一辈子为她取暖，一辈子不让她冻着，一辈子不让她咳嗽。

冬天的水门口也真是冷啊，姥姥家的草房子冰柱都结得比擀面杖还长。人家一般就随手砍掉了，姥姥不让，说挂在上面多好看，房子像个水仙洞。

水缸早起都是厚厚的冰块，要用捣蒜的石头锤子才能砸开一个洞。劲使大了水缸就裂了，劲使小了又砸不开。姥姥总是乐观地面对这一切，"冰块儿熬出的饭菜呀神仙才能吃上"。

我们一家过着神仙的日子。

没有文化的姥姥从容地面对着生活，她总说："人生下来就得受苦，别埋怨。埋怨也是苦，不埋怨也是苦。你们文化人不是说'生活就是生下来活下去'吗？"

"姥姥，可以啊！和尼采的高度是一样的。"

"都姓倪，谁高谁低都一样。"

"人家是外国的大哲学家，人家说'人生就是一场苦难'。"

"这个姓'倪'的就说对了一半儿，那一半儿甜他还没说呢。

什么是甜? 没病没灾是个甜, 不缺胳膊少腿是个甜, 不认字的人认了个字也是甜。"

穷人的孩子早当家, 懂事的我天天盼着快长大去挣钱, 见不得姥姥受穷的日子, 不想过这种穷神仙的日子。

每次从青岛往姥姥家走的时候, 我都像鬼子扫荡一样把母亲家能拿的东西都拿上。多少年了, 我心里的那个家永远是姥姥家那五间老房子。

在青岛读书的日子里, 每吃一顿好饭我都会想, 姥姥现在吃啥呢? 每次看见妈妈发的工资, 我都想说给姥姥寄点吧, 可嘴始终没张开过。我发誓等自己挣了钱都给姥姥花。

现如今我真的有钱了, 姥姥却花不动了。人生或许就是这样……

实际的钱姥姥不需要了, 我想让姥姥精神上有钱, 有她这一辈子也花不完的钱。我用最质朴的方式想让姥姥富有, 于是我挣每一笔钱回家都如数地告诉姥姥。我现在到底有多少钱, 这个世界上只有两个人知道, 我的妈和我妈的妈。

我整天跟姥姥说:"我们有的是钱, 你得使劲花呀!"可家里最舍不得花我钱的恰恰就是妈妈和姥姥。

连我自己都不知道为什么, 我常常为姥姥花不动钱而着急。天下还有更贵的东西让姥姥吃, 还有更好的衣服让姥姥穿吗?

羊绒算最好的毛衣了吗? 还有更薄、更贵、更暖和的吗?

姥姥笑了:"那就光着吧,身子最金贵。"姥姥感动着,开着玩笑,说着大实话。

真是想抓紧时间补偿姥姥,多少年前就给姥姥买上出口的羽绒被,姥姥说荣成县大概她是第一个盖上这么轻快、这么暖和、这么大被子的人了。

后来又说纯蚕丝的被子好,我又从杭州丝绸博物馆给姥姥订做了一床蚕丝被,之后民生药业的竺福江董事长给他妈妈买蚕丝被时,又给姥姥买了一床五千块钱的、最好的蚕丝被,姥姥说她都快被"烧"死了。姥姥说的"烧"是"烧包",姥姥说不知道日子的上下差别是这么大,被子还能盖上一间房子的钱。再后来人们又说其实老人盖棉花被最好,我又从新疆给姥姥买了四斤最好的棉花做了床棉被。这么折腾,连姥姥都笑了。

我也笑了,心中感慨的不是被子,而是小时候冬天里姥姥蜷缩着躺在炕上哆嗦的身影。我当初想挣点钱最原始的动力就是想让姥姥有钱花呀!

心心相印

姥姥说："上后厨熬饭、切菜就不像在门口招呼人吃饭，来的人越多越好，你怎么喊都行，到后厨了还喊那就是个彪子（傻子）。"

小时候姥姥宠我，长大了我宠姥姥。

我演的第一部电影《山菊花》就是在胶东地区拍的。电影里的我很像年轻时的姥姥，头上梳了个小纂儿，身上穿了件蓝印花小袄。

为了让姥姥看到我演的电影，我竟然从济南带着拷贝到荣成，把放映机搬到了姥姥的炕头上。炕的这头坐着姥姥和村邻们，炕的那头墙上放着电影，这大概算得上世界上最小的电影院了。姥姥看着电影里的我，再看看坐在她身边的我，那份惊奇和欢喜真是无以言表。我看着看电影的姥姥，再看看姥姥周围的村邻，不知道自己显摆的是什么。

那年我才二十岁出头，什么事都干得出来，只要姥姥高兴。

许多年后，一个记者朋友问姥姥："你觉得倪萍主持节目好吗？"姥姥说："脸皮厚、胆子大，能不好吗？"

姥姥说得真对，我在台上从不知道什么叫"紧张"，我看不见台下的任何人，多大的场面都在我的眼皮之下，眼皮之上的都是我心里的那些观众。

二〇〇一年申办奥运会那个夜晚，全国人民都在等待莫斯科的结果。我们台要现场直播一台大型晚会，袁德旺导演找到我，希望我来主持，一是我直播有经验，二是这场晚会很特殊。预备方案有两套，申办成了和不成，两套预案的表达方式、节目内容完全不一样。莫斯科的声音、中南海等待的中央领导、总控台、导演切换台、世纪坛的群众狂欢、天安门广场等待欢庆的人群，以及广告何时进，一切一切都要通过台里一号演播厅的这个主持人来转换，转换的过程又不能让观众看出来。他们选来选去，最终觉得我比较有把握，至少有经验。可那个时候我刚生完孩子不久，脸胖得快上镜头以外了，所有的裙子都拉不上拉链了，我有些打怵，但导演坚持用我，我真是硬着头皮上了。

我也清醒地知道此次直播责任重大，可不是一般意义上的文艺晚会，好在我骨子里是个战士，既然上了战场，我就是一个"我在阵地在"的好战士。姥姥说的"胆子大"就是指我潜意识里的这些东西，我是可以竭尽全力的那种人，无论做什么，只要我想做了，就不去想后果。

那天晚上的我，耳朵里的耳机是最先进的，同时有四种声音在指挥我："好，莫斯科萨马兰奇要宣布了……申办成功了！镜头切到中南海，中央领导出发了。""莫斯科有画面了，倪萍收。""好，切回现场了，有一分半的时间。继续节目。""世纪坛的画面出现了，倪萍你别说话了。""切回一号演播厅，欢腾，海尔广告……"我以"脸皮厚、胆子大"圆满地完成了这次任务，没有辜负台里对我的期望，更没有影响袁导对晚会的精心设计。

姥姥特别高看我的这份工作，演出服脱下来都是姥姥一点点地帮我叠好。姥姥在地板上铺开比她人还大一倍的礼服，总是不舍得装包。

"可惜了，有个地方挂起来就好了。"

"用过一次就不再穿了，挂什么？"

过去的一切都成为昨天，明天做什么才是最重要的。

不做主持人了，不想接受任何记者采访了，被说成低调的我，姥姥最理解："好哇，上后厨熬饭、切菜就不像在门口招呼人吃饭，来的人越多越好，你怎么喊都行，到后厨了还喊那就是个彪子（傻子）。姥知道你，喊够了，喊了这些年了，也遭了不少罪……"

姥姥说得我心里可酸了，我还自作聪明地误以为主持生涯风光的这一面都告诉姥姥了，从没说过一句遭罪的话，从没让她知道一回委屈和艰难。心心相印吗？姥姥！

我不做主持人了，重新做起了演员，我称自己为"下岗再就业"。第一部电影《美丽的大脚》就获奖了。

我获"金鸡奖"了，从无锡回来，最佳女演员的奖杯递到姥姥手里。

"老太太，这从里到外可都是纯金的，99.99%呀，这么大一块好几斤重呢，送给你了！"

挺立昂然的一只大公鸡！奖杯很沉，颜色也正，姥姥信了。捧在手里，她的鼻子尖红了，喉咙里又是一阵热浪。姥姥的激动永远是先张嘴说话，第一个字出来后面的音儿就听不清了，眼里有泪水可嘴角是向上的，她是努力地在笑。姥姥的欢喜决不是因为99.99%，这时的姥姥已经不需要钱了。一定又是光荣与梦想让她掉泪了，一定是她觉得她这个外甥"下岗再就业"的艰难转型胜利了。到了儿姥姥也没质疑过这只鸡不是纯金的，也许她根本就知道我在骗她，要不她最后把她的"遗产"交给小姨的时候，里边怎么没有这只金鸡呀？

"如果我是'脸皮薄、胆子小'，不做主持人、演员，你觉得我合适干什么？"

"能人干嘛都能，废物干嘛都不成。"

姥姥说的能人是勤奋、努力、舍得自己、不怕吃苦的人，是用心做事、执着往前走的人，是敢于超越别人、敢于打倒自己、敢于承认自己的错、敢于面对别人的成就的人。

我问姥姥："那你呢？你如果读了书，你会选择做什么职业？"

姥姥说："你能做的事我都能做。"对呀，一个那么舍得自己遭罪的人，当然什么都能干了！

姥姥最反对白天睡大觉的人，你要催她睡会儿，她总说："等着上了那边儿去（死了以后），有的是工夫睡，咳，想起也起不来啦。"姥姥一辈子没工作，却珍惜时光，虽说净是围着锅台转，可她不白转呀，这个家没有她撑着，我们谁都不是现在这个样，姥姥一辈子干了两辈子的事。

"99×2＝198！"儿子说："那老奶奶活了一百九十八岁呀，是世界上最长寿的老人啦！"

愿姥姥的世界鲜花盛开

姥姥说:"人的手不能轻易伸,只有一件事可以把手伸出来,救命的事儿!"

想到姥姥在那个世界的孤单,我心里就一阵阵的清冷。姥姥是一个需要温暖的人,一点点温度就够,可就这一点点我也无能为力了,远隔千山万水,从此天上人间。

拿起笔给姥姥画一朵花吧,画一筐花吧,再画一群小鸡和水鸭子吧……笔停不下来了,胡涂乱抹,完全不懂笔法,只是一份情感,让姥姥的那个世界活起来。知道自己无知、幼稚,可心灵需要自我安抚。一大卷子纸几天就画完了,别人怎么看不重要,姥姥喜欢,姥姥会夸奖的。

五十年了,我是在姥姥的夸奖下长大的,"脸皮厚、胆子大"也是姥姥的栽培。

第一次画画是在姥姥家灶台口上用树枝子画小鸡,熏黑了的灶台口画什么都特别醒目。

那天姥姥正在往锅里蒸属相,哥哥过生日,人家在青岛,姥姥说锅里这个大公鸡蒸熟了等有人去青岛给捎上。姥姥用剩下的一小团面给我做了一个小公鸡,说放在灶膛里烤烤就能吃了。因为鸡太小了，烤着烤着就烧成灰不见了。我哭了，就在灶台上乱抹，心里想着锅里那只大公鸡，于是第一幅画就诞生了。姥姥直夸奖："比锅里的大公鸡还好看，鼻子是鼻子，眼儿是眼儿！"这个公鸡留在灶台口好些日子，留在我心里的时间就更长久了。

姥姥不会画画，可姥姥蒸的属相啊都活灵活现的。家里谁过生日，姥姥都给他蒸上属于他的属相，逢正月十五，姥姥还给全家每个人都蒸上各自的属相，点上灯。我属猪，每回我的猪都是肥嘟嘟的，姥姥说肥猪有福。我的猪不止肥，还好看哪！两只大耳朵都快拖地了，嘴圆圆的，尾巴打了好几个卷儿。每回吃的时候我都问姥姥先吃哪儿，姥姥说："先吃头儿的长大了能当官，先吃腚儿的日后会过日子。"哈，我总是先把头吃了。吃了一辈子头，也没当上个官儿。

"姥姥你的语录也有不准的时候啊！"

"那是你不想当，你要是想当了，也是个当大官的料！"

姥姥总是高看我一眼。

小时候，我家有一本《三毛流浪记》的小画书，我成天拿着粉笔在姥姥家的墙上画三毛。没人教我，只有姥姥不停地夸奖："画得跟书上一样！"回青岛上学那会儿我为了显摆自己会画三毛，就往我们家地板上画，被我妈制止了。

孩子是要夸奖的。

姥姥说：“别不舍得夸孩子，芝麻夸着夸着就成西瓜了。”

从那以后我很少画画了，但是画家在我心里一直有着很高的位置。这是一个再好不过的职业了，可以不跟任何人打交道，独立的世界、独立的思想、独立的行为，多自由啊！我不画画了，可看的画多，什么风格的画我都喜欢，从西方的油画到中国的国画、民间的"小画"我都喜欢。也曾因为工作而有幸采访过许多大画家，还有幸在黄胄、华君武、许麟庐、范曾、韩美林、陈丹青、莫名这些大画家的画室看过他们作画。

画家的书也写得与众不同，丰子恺、黄永玉、范曾、陈丹青的书都写得很精彩、很深刻，我甚至觉得吴冠中的文比他的画还好看，他们的书凡是出版的我都买过、读过、收藏着。琢磨他们的文字，欣赏他们的画，我从中感悟了很多，也学习了很多。

真正拿起笔自己画了，你才知道画笔可不是每个人都能拿得动的。朋友说你完全有条件请大画家给你指点指点，我笑了——请一把大斧头来砍一个小树杈，多么可笑！去儿子学校看他们小学生的画展，你回来都不敢下笔。

姥姥说过：“在地上站着就别老想着天上的事儿。”

和自己比吧，和小时候在灶台上画小鸡的那个自己比，现在的画一定是进步了。

拿起笔画画的动力也很单纯，我开始给姥姥画画了。

樱桃下来的时候买一大筐放在桌子上照着画，吃得比画得快；荔枝下来了又去买荔枝，专门挑一些带叶子的好回来照着画。可服务员好心怕叶子、枝子压分量全给摘下去了，呜，光秃秃的果子，不知道叶子长得什么样。我再买一筐，专门挑带叶子的。画画吃吃，画得很快，吃得也很开心。朋友、表妹、表弟、哥哥都来要画，哈，可以卖画了。只是画得上秤称称，几块钱一斤，反正没有樱桃贵。

有人说如今最值钱的不是金子了，是画，你当年采访过那么多大画家，怎么一张名画没有啊？

姥姥说过："人的手不能轻易伸，只有一件事可以把手伸出来，救命的事儿！"

要张画不为救命还真伸不出手，名家名画不一定要自己收藏，看过就行了。

先画的是花，因为姥姥最喜欢花。花是一盆儿一盆儿地从花市往家里搬，花瓶里的花也几天一换，照着画。越画越不像，没有技法真是困难重重，心里想的，眼睛看着的，画出来就南辕北辙，名人可不都是能人啊！

姥姥说："能人干什么都能，废物干什么都不成。"这话对吗？

自以为是个能人的我也傻了，胡涂乱抹吧，只此华山一条路了。人要是只剩下一个选择了，路倒是好走了，越走越胆儿大。

几次拿起电话想拨通大师们的号码，最终还是放下了。

笔不听脑子的，但笔是产生画的工具呀，着急呀！会画的东西有限，能画出的画怎么看也不像画。画桌上摆着儿子的画，摆着丁芯儿子的画，画来画去还不如两个十岁的孩子。

我不放弃，这就是我！

画画要有苏晓明的精神，还是她鼓舞了我。

去苏晓明家第一次见她画画很吃惊，从来没画过，拿起笔就画人物。先画自己，画了用手机发给卢秀梅，秀梅说："这是猴子还是人？"晓明不怕打击，接着画，画王朔、画刘索拉、画丁芯、画姜文，画的原作都是"强行"给他们本人送去，好在朋友们都喜欢，都说像，也不知是真是假。丁芯还把自己的像摆在家里，赵宝刚说一看就知道这是他老婆。姜文自己上门取画。

是天才？是执着？

她逼着我画，我不是天才，可我胆子大。

才画了一周，苏晓明就把我的画用手机拍下来发给张暴默，发给丁芯。这些外行的朋友啊，一个劲儿地鼓励，一个劲儿地夸奖，暴默甚至还"订货"了，"等拍卖会的时候你拿两幅来做慈善"。哈，我的这一群没数的朋友，友谊把画贴上了。

白天画，晚上画，一个夏天我这么不停笔地为姥姥画画。逐渐地有样儿了，逐渐地会拿笔了，逐渐地会用颜色了。

姥姥不也不会画画吗？可她给我们绣的鞋垫上的那些花草，贴在笸箩上的那些喜鹊、牡丹不都栩栩如生吗？

感谢姥姥的"养眼经"，使我们曾经傻子一样的眼睛明亮了起来。

等画画成个儿了，写字又难住我了。自以为原来用钢笔写字还不错的我，用毛笔一上纸就全傻了，那个难看呀！字画字画，字有时比画还重要，没有字的画不像画呀，半成品呀。

正值中宣部学习班上课之际，我们班有一位才女孙晓云，一个博物馆的馆长，书法写得那个漂亮啊！我一问人家，呵，三岁就开始练书法写毛笔字。我还得再练四十几年，天哪！"只此华山一条路"也没有了。

好朋友石人还给刻了相当有水准的章，可我目前就这水平了，好在姥姥不嫌弃。

盼望姥姥现在的那个世界不那么冷清，鲜花永远盛开着，丰收的喜悦还挂在姥姥那好看的脸上。

Ⅲ.

快乐你别嫌它小……

小幸福一天一个

、姥姥说："快乐你别嫌小，一个小，两个加起来，三个加起来，你加到一百试试？快乐就大了。你不能老想着一天一百个快乐，你这一辈子能碰上几个一百的快乐？"

"丰收"在姥姥的日子里是很金贵的两个字。穷的时候，丰收了的喜悦天天挂在姥姥那好看的脸上。

秋天是姥姥最喜欢的季节，不光因为丰收，还因为天气不冷不热，大人、小孩都旺旺兴兴的。那些个日子你不曾见姥姥睡过觉。天黑了，一家人都躺下了，姥姥还一个人在两口大锅前忙着煮地瓜。姥姥坐在灶前，东锅续把柴，西锅再拉几下风箱，炕上热得我们呀，都像壁虎一样紧扒着墙睡。

姥姥说："连秋收的日子都不知道紧忙乎的人，那可就对不住春和夏了。到了冬天你就知道这一年算是白过了。"

姥姥说，秋的日子得一天当两天过。

赶着天好，把秋地瓜晾干。她拣出最好的地瓜煮熟了，再一个一个扒光了皮，浑身一丝不挂的地瓜们被姥姥晒在房顶上，有白瓤的，有红瓤的，远远看去像一团一团的花儿，姥姥的房子像个大粮仓一样在村里特别扎眼。地瓜晒得半干不干的时候把它们闷进坛子里，坛子口是开着的，为的是让秋风风干。接近初冬的时候，坛子里的地瓜就变成了一块块布满雪花一样白霜的地瓜干了，这些白霜都是地瓜中自然分泌出的糖分。糖挂在表面，地瓜干里软中带硬，是筋筋道道的美食。

姥姥几坛子几坛子地闷，邮差几包几包地来取，这是姥姥最欢快的时刻。她的那些城里的儿女们、外甥们、孙子们，都是吃着地瓜干这样的零食长大的，年年这样、秋秋如此。认识我妈的朋友，几乎都知道姥姥的地瓜干独此一份，吃了还想吃，见了就想拿走。

姥姥的水门口是沙子山地，地瓜格外的甜。山上种的地瓜面嘟嘟的，面得吃起来像栗子；山下种的地瓜稀，稀得像年糕。姥姥把稀的做成熟的地瓜干，把面的切成生片，晒得干透了，一冬一春就用它和各种米搭配做粥。

秋天太阳好的时候，姥姥家的房顶上、院子里、院墙上、东边的大道上全是地瓜片。带泥的地瓜先在河里洗，那时的河水清澈透亮，地瓜就倒进河里，周围用鹅卵石堵起一个天然大水盆，河水冲一早上，下午再去取那地瓜，就像有人替你洗过了一样的干净。姥姥一篓子一篓子地扩（kuǎi，用胳膊挎着）回家，再一个一个地用带刀片的擦板一片一片地擦开。你想呀，这几百斤的地瓜姥姥得忙成啥样呀？可她欢快的样啊，你以为她晒的是金子。这些地瓜干天天太阳落山的时候要一篓子一篓子地收起来，太阳出来再一篓子一篓子地晒出去，懒人家夜里就不收了。

姥姥说："在地底下埋的东西都是好东西，都是吃了有劲儿的东西，它往地里扎，那个力就是生命力。人也是这样，有本事的人都不是在表面能说会道，开个花儿日就败了，扎个根儿人才能长久。"

姥姥还是育种专家，春天最暖和的炕头上总是让地瓜种们给占去了一半儿。姥姥选出最优秀的小地瓜，把它们排着队埋在沙土里。不到半个月地瓜就发芽了，发了芽、长出叶子的地瓜就是地瓜种，然后姥姥拣着长得齐刷的地瓜芽，再一个一个地移种到山上的地里，一棵小苗初秋就结出一大堆地瓜了。地瓜生长的那几个月里，嫩的地瓜秧子姥姥就掐下来煮面条吃，老的秧子收地瓜的时候再把它晒干了、粉碎了喂猪。在炕上和地瓜苗子一起睡的那一个月，我常感觉是睡在田野里。你想啊，躺在沙土边上，闻着地瓜叶子的味道啥感觉？现在想起来都有些激动。

这样的日子再也没有了，丰收的景象永远定格在姥姥家那一片雪白的地瓜干世界里了。

现如今富了，餐桌上的地瓜，姥姥碰也不碰。姥姥说她吃怕了，当年那是没法子。

可你当年看不出姥姥怕，看的只是欢喜。为什么？

一样东西吃五十年，中国人的肚子呀，姥姥的胃呀，怎么那么坚强！

为了姥姥的怕，我们尽量不让地瓜进门，想吃了就在地瓜摊买个烤的就地吃完再回家。

一进门姥姥就说："吃烤地瓜了吧？"哈哈，什么也瞒不了姥姥。

有一回从饭店买了些紫薯回来，特意把皮剥了，"姥姥，尝尝，什么东西？像栗子一样香甜"。

姥姥看了一眼："扒了皮我也认得它的骨头，地瓜！"

"这是福建特有的，咱们那儿不产。"

"嗯，它就是外国产的，也是个地瓜！"真不知道为什么曾经带给我那么多美好记忆的地瓜竟让姥姥如此地"怕"。

我知道了，这就是姥姥，打起精神过日子的姥姥，面对现实识时务的姥姥。

人家借她的钱不还的日子，姥姥说："好哇，利息都在他心里和咱心里存着哪，越涨越高，最后咱的利息比原来的钱还高，他欠的账也比原来的多。"姥姥算的是人情账。

姥姥是两个姥姥，有时明明白白，有时糊里糊涂，可姥姥心里永远有她自己的算盘。算盘也是两个，一个在她心里，一个在她家的抽匣里——她家祖上留下的老算盘，我上学还用过呢。别看姥姥不识字，打算盘可溜啦，家里的大、小账姥姥三下五除二就都扒拉清楚了。要不我妈上学选择了做会计？莫不是因为他们家有个算盘，有个会算账的姥姥？

姥姥说她吃了一辈子小亏，占了一辈子大便宜。她活得很知足，用她的话说："一辈子没有大幸福，小幸福一天一个。"

我问她："现在好像人人都觉得不幸福、不快乐。没钱的人不快乐，有钱的人也不快乐；没当官不快乐，当了官也不快乐；普通人不快乐，名人也不快乐。快乐都哪儿去了？"

姥姥说："快乐你别嫌小，一个小，两个加起来，三个加起来，你加到一百试试？快乐就大了。你不能老想着一天一百个快乐，你这一辈子能碰上几个一百的快乐？"

知足者常乐。

姥姥说："乐就是福。"

我说："姥姥，你的幸福指数太低了。就说做女人吧，你这一辈子缺失得太多了。身为女人，你这一辈子没穿过高跟鞋，遗憾吧？"

姥姥摇摇头："那年月你不包脚你就成怪物了，连婆家都找不着。谁的眼还长后头，能看着现在？"

"身为女人，你一生没穿过裙子，遗憾吧？"

姥姥说："怎么没穿? 围裙不是裙子?"

我们都笑出了眼泪，呜，围裙也是裙子。

穿围裙的姥姥!

生活的准星

姥姥说："日子得靠自己的双脚往前走，你看谁能帮你搬着你的腿走路? 你爹你妈也不能。大道走，小道也得走，走不通的路你就得拐弯，拐个弯也不是什么坏事，弯道儿走多了，再上直道儿就走快了。走累了就歇会儿，只要你知道上哪儿去，去干嘛，道儿就不白走。人活一辈子就是往前走，你不走就死在半道儿上，你为么不好好走、好好过呢?"

写着《姥姥语录》，解读着姥姥的一生。一个不认字的老太太，一生都在翻阅着人生这本大书，她是一个用功的学生，她是一个用功的女人。生活的书本指导着她的日子，"书本"的知识改变了她的命运。如果不是这样，她可能完全过着另一种日子，也许没有好坏之分，但多姿多彩和平淡无奇之分一定是有的。

也许姥姥是无意识地选择了她的生活方式，也许是她从一开始就品尝了她喜欢的精神、物质双轨的生活，她的知足和她的局限都决定了她这一生是别样的有滋有味。

她的知识是因为她的不知道，不知道又成全了她的幸福。也许知道得更多，她的幸福会更少。

就像翻阅《撒切尔自传》的姥姥,她的那份好奇、那份惶恐、那份羡慕,你从她脸上就能读出。同是女人,地球上还有这么个活法的老太太。也许距离太遥远,人就没有了天经地义上的可比性,因为姥姥反复说:"哦,这是一个外国女人。"

平衡在姥姥的日子里是轴心,我常想她的这种平衡来自哪里,是天生的?是后天的?我们缺少的往往都是这样的平衡,不满足、不满意、张狂、暴躁,懦弱、郁闷、灰心,不都是因为掌握不了自身的平衡吗?对生活的期望过高,对日子的信心又过低,都是因为没有了生活的准星。

姥姥的准星是什么?就是接受,苦和甜、穷和富都接受;接受了又不堆积,积极地去面对、去化解。

"日子得靠自己的双脚往前走,你看谁能帮你搬着你的腿走路?你爹你妈也不能。大道走,小道也得走,走不通的路你就得拐弯,拐个弯也不是什么坏事,弯道儿走多了,再上直道儿就走快了。走累了就歇会儿,只要你知道上哪儿去,去干嘛,道儿就不白走。人活一辈子就是往前走,你不走就死在半道儿上,你为么不好好走、好好过呢?"

姥姥的理儿很直白、很实在,她为什么不悲观、不放弃呢?是无奈还是现实?她从没想着以此来教育谁、给予谁,她就是这么想的、这么过的,她认为这些都是"是个人都该明了的理儿"。

"明了理儿不照着去做就是个傻子，你和天对抗试试？天下雨了，你用多少盆儿、多少桶也接不住那些个水，房子淹了，你就得等着它自己退下去。谁有个本事不让天下雪？毛主席也不行。"

人多挤小房子的时候，姥姥说："真暖乎，人身上的热乎气儿挤在一块儿都赶上暖气了。"住大房子的时候她也说好，"一人一个家，一屋一个样，多敞亮"。

是智慧还是实际？我们习惯了姥姥的平衡，于是不自觉地平衡着工作中的矛盾、生活里的琐事。时间长了，一切成了自然，一切成了理所应当。自己不纠结，也不妨碍别人。最重要的是，在集体里不是那个最讨厌的人，是个可以被信赖的人。我们的上一辈儿就是这样的人，我们也是这样的人。这不是什么大优点，但这确实是个受欢迎的优点。

这是姥姥留给我们的一笔财富吗？那为什么福布斯财富榜上没有姥姥的名字呢？

哈哈，又纠结了吧？

姥姥说："人不可贪财呀，财是个狼，你贪它它就贪你，你吃它它就吃了你。"

怪吓人的。

倒过来想，换个个儿看

姥姥说："不管啥事你想不通倒过来想就通了，什么人你看不惯换个个儿就看惯了。"

不挣钱、没有工作的姥姥一向衣着讲究，中式的斜襟小袄只穿三个颜色：蓝、灰、咖啡色。有时我们想给她换个颜色，小心翼翼地买个酱紫色的，姥姥还是那句话："别弄这个怪样的。"最多冬天穿个墨绿的，还必须是深墨绿色的。我说："姥姥典型的穷讲究。"姥姥说："那你多会儿听说富讲究？"

姥姥说穷的时候她一年到头也穿新衣服，村里人都羡慕她的日子过得红火。其实就是勤快点，衣服洗白了、穿旧了，姥姥省着油钱去买包颜料，半夜烧锅水把衣服染一染，再上锅蒸一蒸，趁着锅台热再烘一烘，一件新衣服就出来了。

姥姥的头发也不许乱，没有油就抹点儿水。三寸的小脚还常穿皮鞋，体体面面地过着穷日子。我心里真是为后来能挣些钱来计姥姥过上更体面的日子而感到欣慰。夏天从杭州买来最贵的苏罗做衣服，长袖、短袖，一做就是好几件。冬天的棉袄都是好丝绸做里子，中间是百分之百的蚕丝，外面又是上等的丝绸，也是一做就好几件。姥姥嘴上说："那么些衣服，熬着吃啊？"心里可美了！

　　我把姥姥的每一天都当最后一天来过，总觉得七八十岁的人了，日子是屈指可数的。小心翼翼、紧紧张张一下子过去了三十多年，姥姥也算是有福了。用她的话说："过了三十年地主的富日子。"临了还加了一句："沾改革开放的光，沾邓小平的光呀！"

　　姥姥的外表和内心的连接点是一致的。

　　姥姥一生崇尚文化、崇尚知识、崇尚富裕、崇尚美好，可这一切她都不曾拥有，但你总觉得她什么都有。

　　我常说姥姥是我们家的哲学家，家里哪一个读书人都不如她活得明白，活得清醒，活得有数。

　　我还没上学那会儿一直住在乡下的姥姥家，质朴的姥姥给了我最质朴也是最受用的智慧。这些智慧如同储蓄卡，里面储存了善良、宽容、坚持、给予、吃亏、放弃、感恩、豁达、承受……太多太多的、人活着所需要的精神。长大了，这个卡就相当有用了，有时刷起卡来才明白这是当年姥姥精心为我储存的。

　　记得那时候姥姥的老房子墙根长出了一摊小草，和院子里年年都开花的那些植物相比，它显得那么多余。舅舅几次要把它拔了，姥姥不让："说不定哪年就开花了。"

　　果真有一年这摊小草突然开了一片小白花，好像一夜之间就出来了，全家给它们的赞美可比那些年年都开花的花们多多了。

"姥姥，怎么也不打个招呼就开了？"

"那是你昨晚睡觉放了一个屁蹦开的吧？"姥姥指着我。

姥姥说："别小看那些不起眼儿的东西，有时候办大事的说不定就是它。养孩子也一样，你别催着他长，催着他学。有人早长，有人开窍晚，你耐住性子等着他就不白等。"

"生孩子也是这样。今年没怀上，别给人家媳妇脸子看。笑嘻嘻地等着明年，明年不行还有后年。"

怪不得舅妈头两个孩子都死于难产那会儿，姥姥一如正规的月子般伺候着儿媳妇。老母鸡、红鸡蛋、小米粥，顿顿都是"硬菜儿"。

舅妈那两个月子我都是证人。我那两年的两个月是一日八餐，餐餐过年，舅妈吃剩的肯定是我的。至今我还跟表妹说，你妈做月子，我跟着过年。舅妈月子出来没胖多少，我的两个腮都飞出来了。真是少年不知愁滋味，不知道对母亲来说十月怀胎和孩子就已经有感情了。舅妈和姥姥多痛苦，我一点不懂，只知道吃。

姥姥以她对生活的热爱，体味着平凡的日子。善良里裹挟着智慧，把六个儿女、七八个外甥、孙子孙女拉扯影响大，有功之臣啊！受益最多的当然是我，卡里储存最多的也是我。

姥姥一生不吃饱饭，不打官司，不说大话，什么人在姥姥眼里都有长处。姥姥常说："不管啥事你想不通倒过来想就通了，什么人你看不惯换个个儿就看惯了。"姥姥崇尚不自私，崇尚宽容。宽容就是给别人一条路，自己后退一步。

退一步，宽容别人说起来容易，做起来挺难的。姥姥说："后退的人都是暂时吃亏，给别人一条路就等于又给自己找了一条出路。"

刚解放那会儿，村里富裕的人家都怕东西多了被划成地主富农，有一个邻居把十几匹布藏到姥姥家。结果有人给报信了，姥姥被叫到村委会。组织开始好言相劝，让姥姥交出来，姥姥矢口否认。姥姥说，那一整天没让她吃一口饭、喝一口水，晚上也没让她回家。姥姥说你们就是关上我一年我也不承认。后来没办法，他们把姥姥放回去了。

半年后风平浪静，姥姥把十几匹布给人送回去。为了感谢姥姥，人家拿出一大匹青布给她做报酬。姥姥坚决不要，她说："我已经犯了一个错了，再犯就两错了，可不敢。"

姥姥说那半年她夜夜睡不着，害怕公家管事的到家里翻。她也后怕，可答应的事就不能反悔。全村那么多家，雇农的也不少，人家叫咱藏这不就是说咱最值得信任吗？真要为这十几匹布把他家划成富农地主，他家五个孩子可就遭罪了，日后的前程就没有了。

谁知几年之后的一次揭发会上，那家人竟把姥姥给她家藏布的事揭发了。为的只是进步，向公家表决心，也是为了孩子。

姥姥当时气得浑身发抖，嘴唇都紫了。但还是原谅了她。知道这不是她的本性，姥姥了解她。许多年她们同住一村很少往来，秋天家里苹果下树了，姥姥照样打发孩子去给他们家送一筐。

姥姥说，不必记恨她，她光恨自己就够受的。人出卖了良心和得了心脏病差不多，心停停跳跳的，憋得慌呀。

没有一件错事是不用付出代价的，也没有一件好事是不收获好报的。

姥姥以她聪慧的脑瓜、良善的心灵捕捉着生活中的点点滴滴，用她的行动提溜着自己的心，跟着能人、高人使劲儿地往前走着。

一句话的力量

姥姥常说："东西不在多少，话有时候多一句少一句可得掂量掂量。没有人会为多点东西、少点东西记住一辈子，可有时一句话能把人一辈子撂倒，一句话也能把人一辈子抬起来。"

去年暑假，我把儿子送到了水门口，我内心深处的向往是让姥姥看看孩子。这个小村庄的东河沿上埋着姥姥，孩子似懂非懂地总问："老奶奶为什么要埋在水门口呀？"我说那里是她的故乡。

"每个人将来死了都要埋到故乡吗？"

"嗯，大多数人都这样吧！"

"那我们的故乡在哪儿啊？"

我真不能准确地回答儿子这个问题。

想起姥姥生前我们曾说过关于死、关于埋在哪儿的话题。姥姥思想很现代："你们愿意把我埋在哪就埋在哪，反正我也不知道，一把灰还当个事了？人死了啥都没有了，为死人做啥事都是做给别人看的。"

"那你就留在北京吧，我给你买块地。"

"不了，北京人那么多，地那么金贵，还是回老家吧，咱那地儿宽敞，认识的人也多。"

"人都死了，认识那么多人干嘛？"

"咳，那块地底下埋的人我都认识啊！没事说个话也不孤单。"

"姥姥，说到家你还是迷信呀！"

"我们这些不念书不识字的人，有些事想不开啊就好往那没影的事想，没影的事想多了，就成了有影的事。你就说当年给你妈指路那要饭的老婆子，你说她是神还是人？"

姥姥说有一年冬天，胶东地区下了整整一冬的大雪，雪大得早起要几个人才能把门推开。那时候虽然没有天气预报，可南来北往的人都说，俺们那儿雪比你们这儿大。

有一天天将黑了，姥姥院子里来了一个要饭的老太太。她说在风雪中走一天了，想要口水喝。

姥姥把她叫进屋说："暖和一会儿再走吧。"姥姥顺手拿起瓢在水缸里舀了一瓢水。姥姥说哪是一瓢水呀，半瓢子都是冰。姥姥顺手就把这瓢冰水倒进了大铁锅："你稍等会儿，我加把火，喝口热水吧。"风箱拉着了，姥姥又顺手抓了把米放进锅里："喝一肚子水还得走十几里路，撒泡尿就又没了，喝口米汤吧。"就这样，姥姥顺了几次手给要饭的老太太熬了一盆结结实实的粥。

老太太喝热了肚子，鼻尖上出了汗，解开了用草绳捆的棉袄。姥姥说，真可怜呀，里面啥也没穿，这走到家还不冻透了？姥姥又找出旧线衣给老太太穿上了。

临走，这要饭的老太太突然说："你家是不是有个十七岁的大姑娘？"姥姥说，有啊，家里的老大，叫印子（我妈的小名），在完小上学还没回来哪。老太太指着东南方向说："这个闺女你留不住，她的大福在那边，你让她往那边走吧。"

东南方向从地理上是指青岛那边。

姥姥说："印子有个舅在青岛开买卖。"

要饭的老太太说："那就去那儿吧。"

就这样，姥姥卖了当年的花生种子，给我妈印子做了身新棉袄棉裤，买上船票，向着东南方向她的大福之地青岛去了。十七岁的印子很快在她舅的商店里学会了做会计，她在青岛边工作，边读书。二十三岁的时候在夜大认识了我父亲，生了我哥又生了我。

这个故事姥姥不知说了多少回了，我总问："那老婆子到底是要饭的还是神仙呀？"姥姥每回都是那句话："你觉得她是神仙她就是神仙，你觉得她是要饭的她就是要饭的。"

姥姥内心坚信她是神。

后来的事实证明印子去青岛太对了，她的东南之福改变了全家的命运。她不仅很快开始往家捎钱了，还把弟弟、妹妹都带出来了。她供他们上学、找工作。在姥姥看来，印子最大的福是生了我和哥哥。

我内心坚信老太太就是个要饭的。她不知怎么感谢，不过是顺嘴说出了一句送福的话，看着姥姥如此信服，又顺嘴说出一句指点方向的话而已。也是个善人，善人加善人，好事就来了。

姥姥说那天她是摆上饭桌让老婆子坐在炕上喝粥的。

"你记住孩子，多穷的人都有脸，能豁上脸要饭，那是肚子实在没法儿。给人吃点东西先要给人家个好脸，不信你试试？张嘴管人家要东西那嘴可沉了，抬都抬不动。张嘴给人家送东西可不一样，双唇一碰话就出来了。"

怪不得姥姥给比她穷的人吃的时，总是先说上一句："我吃不了，你帮乎着我吃吧。"给人家东西也是说："你要不嫌弃你就拿着吧。"

做人先想别人，这是姥姥的习惯。

姥姥常说："东西不在多少，话有时候多一句少一句可得掂量掂量。没有人会为多点东西、少点东西记住一辈子，可有时一句话能把人一辈子撂倒，一句话也能把人一辈子抬起来。"

我这一生是姥姥无数句话把我高高地抬起，我在姥姥眼里永远是那个最好的孩子。这一辈子姥姥把我抬得好累、好辛苦呀，这些年总是姥姥那些语录引领着我，让我在苦难里追逐着光辉。这到底是对呀还是错? 天下每杆秤都准吗? 我也常常抱怨姥姥, 干嘛总让我那么"心"苦。

姥姥说 :"没办法, 这是你的命。"

"是使命吗? 谁给我的使命? "

"老天哪! "

一个老天就把人盖住了。

在姥姥眼里, 老天就是最大的官儿了。多大的功德都归老天, 多大的罪过也是老天的惩罚。

"真有老天哪? "

姥姥还是那句话 :"你信就有, 不信就没有。老天和你自己是一个人。你想想, 啥事不是你自己心里那个老天说了算? 所以有多大的福多大的苦都是自己弄成的, 谁也别怨。"

姥姥的这番话多少有些残酷。难道这个世界上完全没有能让你把生命靠上去的人? 包括你的爱人、亲人!

姥姥说:"没有。靠山山倒, 靠人人老。靠来靠去你就发现了, 最后你靠的是你自己。"

姥姥啊姥姥, 你到底认字不认啊? 不认字哪来的这番哲理呀? !

给予是幸福，欠人家是受罪

姥姥说："房子没有梁早晚得塌了，人要是没人帮着，你有多大能耐也活不起呀！"

姥姥住在我这儿，永远是"杀富济贫"。她老家的人来电话了，姥姥总是拿起话筒只要听出是谁的声音，就急忙把电话放下："挂了吧。"然后再不急不忙地拨上号码："慢慢说吧。"

哈，慢慢说吧，花我的电话费。

"姥姥，你不是最偏向我的吗？怎么胳膊肘老往外拐啊？"

"嗯，我这就是向着你，花你的电话费那就是你吃饭掉了个米粒，俺那场儿的人打个电话就是少吃一顿饭。"

我们不用了的手机姥姥都把它们收起来，连同充电器，一对儿一对儿地绑好，说等回老家带给亲戚使。我说："光有个电话没用，还得买得起电话卡。"姥姥说："有了鸡还愁下不了蛋？这阵子买不起，往后还能老买不起？"

那年姥姥过生日，她的娘家来了些远房亲戚。临走，我妈收拾了一大堆家里用不着的电熨斗、电饭锅、榨汁机、吹风机、电暖瓶什么的叫他们带上，有的连包装都没打开。

东西被姥姥拦下了，"不拿。连个苹果都没有吃的，要个榨汁机弄么？摆设呀？再说这么些个人赶火车，滴里嘟噜地拿

　　"别小看那些不起眼儿的东西，有时候办大事的说不定就是它。养孩子也一样，你别催着他长，催着他学。有人早长，有人开窍晚，你耐住性子等着他就不白等。"

行走在祖国的路上

"不管啥事你想不通倒过来想就通了，什么人你看不惯换个个儿就看惯了。"

这么些破烂，那还能挤上去"？

姥姥这一说，大家都挺尴尬的。紧接着，姥姥又加上一句："有那个心，赶不上（不如）给个信封。"

我赶紧打圆场："对对，姥姥说得对，拿信封去。"

信封里每家装上五千块，我交给我妈，我妈再交给姥姥，中国人的礼数真多呀。

姥姥没接："你大姑（我妈）嫌乎少，叫我给。不少，多少是多？多少是少？拿着吧，就是个心意！"

姥姥看着各家都把信封拿到手了，又指着摆在地上的这一大堆"破烂儿"说："这是你大姑的一片心意，费点事儿，都拿着吧，省得你大姑不高兴。"

东西和钱都有主了，继而姥姥又转向我："你大姐这个人打小心眼儿就好，都放心吧，她那个单位好买票，你大姐认识的人又多，她准叫那么些老的小的都躺着回去。要不这么远的道儿，那个腿肿得还受得了哇？"

哦，这是指挥我负责买火车票呀，而且要买卧铺——躺着回去。

姥姥又大声地嘱咐她家那些亲戚："回去赶紧把车票给你大姐捎回来啊，她单位能报销（哈哈，谁单位能报销呀）。"

我说："对对，太对了，姥姥说得对。放心吧，都躺着回去。车票都寄回来，我们单位报销。"

姥姥高兴了："这么些个人在家吃饭，你大姐太忙乎了，叫她领着你们出去吃吧，她净认识些高级饭店，保准叫你们吃上你们都没吃过的东西。"

这一句话几个指示，必须去个好饭店，必须点从来没吃过的，必须……我高高兴兴地按姥姥的指示办，皆大欢喜。姥姥从来都是这样，里子面子都让你舒舒服服的。

晚上，屋里只剩下我和姥姥。

"孩子，你这是替我还人情了，那些个年啊你妈、你姨、你舅脚上的那些鞋都是你姨姥姥大针小线缝的……可不敢忘了人家。这会儿咱有了，咱就该……"

哈，老太太，这点道理你都说一千遍了。

姥姥就是这样的人，给予是幸福，欠人家是受罪。

姥姥说，当年她家老房子上梁那天，不算外请的木匠，光村里邻居本家帮工的就有几十口子。姥姥说看着这么些个人愁得她呀，这光馒头一顿就得蒸上百十来个。为了盖房子备这些麦子面，姥姥东屋的那台石碾子磨半个月都没停。人推累了驴推，驴不走了人又推，姥姥那三寸金莲有时一天转上几百圈儿。推完了扫，扫完了箩，箩完了又分批往笸箩里装。磨出的面分三等，一等雪白的面是给客人吃的，二等发黄的面是过节吃的，三等就是黑面了，自家吃。

五颜六色的筐箩也都是姥姥自己做的。先用废纸泡成浆，再用石模子套胚，晾干以后用好纸一层一层地糊，最后把剪纸贴在上面做装饰，剪纸的花样也是姥姥自创的。家里盛粮食的、放点心的、装针线的都是姥姥自制的筐箩。谁家结婚了、生孩子了，姥姥都会做一对儿高挑的筐箩，贴上一对红喜鹊送去，人家都欢喜得不得了。姥姥说，省了钱办了事儿。

为了这五间房，姥姥备了十几个大筐箩，筐箩里都装上了满满的麦子面，来多少人都能富富余余地吃。那气派真是要办大事了！

按照习俗，房子要在正午时分把大梁架上，姥姥说那天鸡叫头遍她就起来蒸馒头了，把两个炕烧得像火炭儿一样，热得姥爷起来坐在被子上睡。

三大锅馒头六笼屉，数了数一百多个，姥姥想怎么地这也够吃了。谁承想到中午停工吃饭的时候，屋子里、院子里只剩下那外请的七个木匠了，人都走光了。抬出来的六大笼屉馒头就摆在院子中央。姥姥说她当时那个泪呀，顺着脖梗子往衣服里流，擦都擦不净。人家谁不知道二子媳妇（姥姥）为盖这五间房子从去年就开始备这麦子面，每一个馒头都是从牙缝里省出来的，谁舍得吃呀？姥姥的好人缘啊！

一百多个馒头姥姥一个也没动，孩子们也不敢吃，晚上姥姥挎着小篓挨家挨户地送。不光是房梁上上了，姥姥心里的那个梁也上上了啊！五间草房子把姥姥的心永远地留在了水门口。

"房子没有梁早晚得塌了，人要是没人帮着，你有多大能耐也活不起呀！"

五间大房子盖起来了，姥姥一家吃了一年的地瓜面儿。姥姥说："撑上面子，豁上里子了。"姥姥实际上挺要面子的。

按照姥爷的想法，盖三间草房先住着，姥姥非咬牙盖五间。

"仨儿子仨闺女眼看着就知道羞丑了，不能老挤在一个炕上。闺女得当闺女养，小子得当小子养。肚子不怕吃屈，今年屈了明年有了再补上。有些东西今年赶不上，这辈子就赶不上了。"

"穷讲究"的姥姥一辈子就这么过的。很快，他们一家又在老房子前盖了五间大瓦房。

姥姥是办大事儿的人，是有前瞻眼光的人。姥姥说，五间锃明瓦亮的大瓦房往那儿一摆，三个儿子还不到二十岁就有人上门说媒，娶媳妇那还愁啥呀？

姥姥真有心眼儿。真的，我那两个舅妈都是大高个儿，一个一米七一，一个一米六八。大舅妈是大疃公社的团委书记，二舅妈是台上刘家的村团支部书记，两个人都是共产党员。在那个年代，她们都是很漂亮的女人，大舅妈后来还当了很大的干部。

姥姥一年中最忙的就是秋天收苹果的时候，家里那两棵和我母亲同龄的苹果树好年景都结一千多斤苹果。白天摘苹果，晚上挨家挨户地送。

小时候我老问："为什么要天黑以后送呀？"

姥姥说："有和咱近的，也有和咱远的，有咱欠人家情大的，有欠小的，咱这苹果也就分大筐小筐，天黑了大筐小筐不就看不出来了吗？邻里之间就怕个厚薄，本来小筐就挺高兴的，一看那家是个大筐，你这小筐就变味儿了，变成意见了，好心就办了坏事了。"

"姥姥，你这么活着一辈子也够累的。"

"习惯了就不觉得累，老辈子都这样。家里长工上山种地去了，俺妈在家偷着给俺爹卧个荷包蛋，不给人家吃也别当着人家的面儿吃。长工可不敢慢待，粮食收成好坏都在长工的肚子里，叫人家吃不饱你试试？来年收成就好不了。早上几点去撒种子，埋种子的沟挖多深，几点浇水，那都在长工肚子里。人心都是人心换的，长工穷，心可不缺一块儿，你怎么对待他他都有数。"

哦，姥姥，这都是你的传家宝呀！

姥姥心里记着所有帮过她的人，她心里的那些感动都是特别小的事。姥姥泪窝子也浅，动不动泪水就夺眶而出。

有一回我姨姥爷（姥姥的妹夫）听说我放假回水门口了，

就从自家的菜园子里摘了一筐黄瓜送来了，十几里的山路老头儿一溜小跑，进了门喝了瓢凉水放下筐就走了，下午生产队要上工。那时候一个整劳力才挣八分，少干半天就少挣四分。

我当时也就七八岁吧，姨姥爷刚走，我就一手拿一根黄瓜，左手咬一口，右手咬一口，吃得那个快乐呀！吃完了我才看见姥姥倚在炕前用围裙抹眼泪："穷东西（指她妹妹）真是不知道过日子，这都还是些黄瓜纽儿就摘了，怎么下得了这个狠心！不就是个孩子吗，急么？等个十天八日，这一筐黄瓜能长出四筐。"可不吗，有的黄瓜纽儿小得都麻嘴。

那时的我哪明白，这点事姥姥还哭？长大了才知道这叫温暖。日子过得比姥姥还紧巴的姨姥姥、姨姥爷不比姥姥更知道再等十天八日的就是四筐黄瓜吗？$1 \times 4 = 4$，就我算不清这个账！

这些小事的温暖都积攒在姥姥的心里，姥姥又影响着她的后代，于是我们一辈子从心里觉得欠人家的特别多。心存感激，心里歉疚，人就不敢张扬，不敢学坏，不会发狠。

几十年过去了，姨姥姥、姨姥爷都去世了，姥姥还惦记着他们的两个女儿："秀棉、秀君过得不好啊！"

姥姥有些话在我面前都是点到为止，看我的悟性了。按姥姥的心愿，我每月给这两位在农村没有工作的表姨每人寄去一千五百元"工资"，我也承诺了，这每月的生活费我会一直发到她们离开这个世界不再需要钱为止，让她们放心，也让她们的姨妈——姥姥放心。钱不多，一筐黄瓜在我心里滋生的温暖远比这多多了。

姥姥在家里也是这样。姥姥的小女儿我小姨比我大七岁，长得还没有我高。每次给我吃点好东西，姥姥都背着小姨，所以我常常是躲在推碾子的黑屋里吃。吃了煮鸡蛋出来忍不住地打嗝，小姨还傻乎乎地问我："你吃啥了？"一嘴鸡蛋渣的我总是说谎。

姥姥啊姥姥，鸡蛋让我多长了五公分，这五公分要是饶在小姨身上，如今的小姨也不至于这么矮。会算账的姥姥不知道一边是手心一边是手背吗？

对不起了小姨，对不起了！如今我和小姨总有一种说不出的感情，姥姥对小女儿也格外疼爱，七十岁的姥姥还帮小姨带孩子，从怀里抱着一直到送她去上大学。莫不是替我还账啊？

前年姥姥觉得自己快不行了，把自己所有值钱的首饰包了一手绢，当着我的面儿给了小姨。她先在我面前晃了一下："这些东西你是不稀罕要，给你小姨吧。一个死了的老婆子的东西，谁都嫌乎。"顺手就给了小姨（快九十九了，还动个小心眼儿）。我和小姨都笑了。

"欸，老太太，你不给我也该给我妈呀！这都是我给你买的呀！"

"你妈有你，她也不缺这个，十个指头都戴上戒指她也戴得起。"

"那小姨也有她女儿玲玲呀。"

"玲玲不是赶不上你有钱吗？"

九十九岁的姥姥秤还是那么准。

不敢忘却恩情，脑子里记着的都是美好的东西。美好抵御着邪恶，不断修正着人性的弱点。

"姥姥，我怎么改正了一辈子，错误还总是不断地犯呀？"

"孩子，人就像种麦子，秋天撒上种子，一直到收成，如果都是大晴天，不下雨不刮风连个阴天也没有，你试试？来年收的麦子都是瘪的。人啊，啥事都得经历，错儿也得犯才是个真人，没有错儿那是画上的人。"

"后退的人都是暂时吃亏，给别人一条路就等于又给自己找了一条出路。"

"靠山山倒，靠人人老。靠来靠去你就发现了，最后你靠的是你自己。"

做好事都是应该的

姥姥说："做好事不该让人知道，让人知道，好事就变味了。做好事都是应该的，就像一个人不偷东西，你还表扬他？"

每天送儿子去上学，我们都路过一个垃圾箱。

每天路过垃圾箱的时候，我们都会在那儿停一下。

每回停下的时候，儿子都会主动地向打扫垃圾的两位老人打个招呼，喊一声爷爷奶奶。

如果用相机拍下这对老人，你一定以为他们是电影中的男女主角。爷爷瘦高漂亮，灰色的绒衣领子上缝了一条紫色的毛线脖套，一副旧皮革套袖显得很酷。奶奶矮小却很精致，花白的头上永远裹着一条藏青色的头巾，一件合体的围裙干干净净地罩在身上。爷爷七十二岁，奶奶七十三岁。

我自以为这是每天给孩子上的第一课，"收拾垃圾箱也是一件很好的工作呀。人无论做什么，在人格上、灵魂上都是平等的。有打扫卫生的，我们的马路才干净啊……"一片阳光灿烂的语言滋润着八岁的儿子。

"妈妈，爷爷、奶奶小时候是不是不好好学习，所以长大才捡垃圾呀？"

"不，是这样……"我又编出了一套对付儿子的语言，继续教育着他。

日子长了，我们也把家里吃不了的东西带给爷爷、奶奶。上学路上，常常是大包小裹。我也自以为身教重于言教，让儿子懂得给予、关爱，想让他成长为一个有爱心的好人。

姥姥说："你连手能够得着的人都不帮，你还能帮那些手够不着的人？"

新年快到了，我跟儿子说："今天给爷爷奶奶送吃的时，你给爷爷奶奶每人一百块钱，告诉他们这是你的压岁钱，祝他们新年快乐。"

儿子按我说的做了。

放学我去接他的时候，他的第一句话是："妈妈，你说今天中午爷爷会不会拿着这二百块钱吃麦当劳？爷爷左手拿着一个三层麦乐鸡汉堡，右手举着一杯奶昔，吃得满头大汗。"

我笑了，这是儿子最想吃的午饭。"不会，孩子，爷爷可不舍得。他可能用这个钱去给他老伴儿买双棉鞋，给他自己买顶毛线帽子。"

第二天就是二〇〇九年的新年了，我们全家还没出门，门卫保安说："大门口那个收破烂儿的找你。"我一猜就是爷爷，肯定有事，就赶紧出去了。

寒风中，爷爷怀里抱着一个巨大的玩具飞机："不知给孩子买个啥。"

我说："爷爷，他都大了，上学不玩玩具了。"

爷爷不知所措地站在那儿。我接过来了，天哪，这大飞机还是电动的，这肯定超过二百块了。

"爷爷，这太贵了。"爷爷还是站在那儿，依然不知所措。

我赶紧说："好，我替孩子谢谢您，下不为例啊。"

我转身要走，爷爷把我叫住："我其实知道你是谁，前些年老在电视上见你。后来不见了，我老伴说她听人说你犯错误了，春节晚会不叫你上了……也好，不上电视在家弄孩子，弄孩子比上电视要紧。你看你孩子夏天还到你膀子，这一秋都快和你一样高了……"

我想说爷爷我没犯错误，可一张嘴，喉咙又热了。我不知是我的眼睛有了泪水，还是爷爷的眼睛有泪水，我只觉得眼前的爷爷模糊了。真的，我看到的不是爷爷，是爷爷背后的很多人，很多无私心无所求地爱护着我的观众。无论我怎样，他们都支持着我。对于一个电视人来说，这是多大的一笔财富，多幸福的一件事啊，我很珍惜这些来自普通人的温暖。这种温暖一直让我保持着一个电视人的正常体温，我一直盼着有机会回报他们。

又想起姥姥说的话："给人家东西，你自己是欢喜的。"

收垃圾的爷爷那些日子也是欢喜的。

在姥姥的影响下，我们一家老小经常品尝这样的欢喜。前年中秋节，家里月饼多得快成商店了。十五一过，我就收拾了几大包给收垃圾的爷爷送去。

儿子说："妈妈，老奶奶不是说，过期的东西不能给人吗？"

我说："十五的月亮十六圆嘛，月饼没事。"

儿子接茬："十六的月饼比蜜甜！"

哈，很会对话呀。

姥姥的理论是，钱和东西都要流通，否则就堵死了。姥姥的流通也是有分寸的。

常上我家来的朋友，都知道家里有个姥姥，新鲜的东西上市了总是来给姥姥送些尝尝鲜，好像姥姥也是他们的姥姥。

高密的白大哥，二十年前就常来看姥姥。钱不多的时候他也没空过手，有一回，我估计他实在没什么新鲜东西拿了，就拿了一捆五颜六色的毛巾给姥姥。姥姥如获至宝，家里每人分一条，她自己留两条。一条剪成四个小方巾，用线把四个毛边缝起来，当小手绢用。

"姥姥，不至于吧。你要是需要小手绢咱去买一叠，有的是。"

"你去买买试试，哪有啊！这是你白大哥的一片心啊，上哪买去？"

姥姥说："现在的人啊都会浪费了，那盒子白纸滴里嘟噜地几天就抽完了，多贵呀！"

后来白大哥有些钱了，每次来都给姥姥塞上一把。有一回又给姥姥钱，两人在客厅里你推我搡地把一摞钱撒了一地，白大哥趁机跑了。

送走了白大哥，姥姥从地上一张一张地把钱拾起来，在一旁扫地的小阿姨也帮着收。

临了，姥姥顺手递给小阿姨一百块："这张给你。"

"我不要，老奶奶。"

"这不是钱，这是福呀。傻孩子，哪有不接福的理儿，快拿着。"

给的人快乐，接的人自然。

别说给自己家人，当年给要饭的人姥姥都是说："别嫌乎，我吃不了，你帮乎着我吃吧。"

姥姥说："做好事不该让人知道，让人知道，好事就变味了。做好事都是应该的，就像一个人不偷东西，你还表扬他？"

姥姥吃黄瓜总是一掰两段儿，头儿给别人，自己吃尾巴，姥姥叫尾巴"黄瓜腚儿"。只有一次我见姥姥把黄瓜腚儿掰给了别人——我姥爷。

"姥姥净欺负姥爷，对谁都比对姥爷好。"

姥姥说："你姥爷就是我，我就是你姥爷，俺俩是一个人。"

两口子是一个人! 姥姥的爱情观、婚姻观是多么朴实又多么了不起。

"那你们怎么还老打仗、老吵架? "

姥姥说:"我不和他打和谁打? 再没有第二个人能打得起了,只有和你姥爷打仗打不恼。"

哦,怪不得他们一口气生了六个孩子。打不恼,多么让人羡慕的夫妻呀!

夫妻的日子过成一个人,打不恼的日子,平淡、真实。

这是姥姥的本事和本性。

想念姥姥也就想起了姥爷,一个一生少言寡语的人。姥爷在家和不在家的日子是一样的,屋里有他不多一人,没他也不少一人。

印象中的姥爷就是爱喝酒,穷的日子,家里的板箱上面都有一大瓶里边泡着人参的白酒。即便吃碗面条,姥爷也自个儿倒杯酒,没有菜行,没有酒可不行。小舅牺牲了以后的那些年,姥爷基本上是以酒为饭,酒抚慰了姥爷的悲痛,在这一点上姥爷是幸福的。

和姥姥的溺爱相比,姥爷对我的爱很简单,攒够了一顿饭钱,赶集的时候就领我上城里的饭馆子吃一顿。买一包猪头肉,把我抱在桌子上,我吃肉他喝酒。吃剩下的肉用油纸包起来,

叶子红了
施肥了
春事来了
谷兰

"老天和你自己是一个人。你想想,啥事不是你自己心里那个老天说了
算?所以有多大的福多大的苦都是自己弄成的,谁也别怨。"

　　"东西不在多少，话有时候多一句少一句可得掂量掂量。没有人会为多点东西、少点东西记住一辈子，可有时一句话能把人一辈子撂倒，一句话也能把人一辈子抬起来。"

姥爷也不说是带回去给姥姥的，只是他一口也不吃。路过瓜地还特意再买上两个面儿堆（这是姥姥最爱吃的一种沙瓤的甜瓜，小舅牺牲后，姥姥的后牙全酥成了粉末，只剩下牙根了，稍微硬一点的脆瓜都咬不动了），我知道这是专门给姥姥的。

他们夫妻俩就这么淡淡地过了一辈子。

这些天写《姥姥语录》，和姥姥说话，白天晚上满脑子都是这个老太太的影子，熟得不能再熟的姥姥，陌生得不能再陌生的姥姥。

姥姥活着的时候怎么从来不知道姥姥的这些"废话"是如此的受用？

给予是快乐。一个什么都没有的姥姥一辈子都在给予，给的那么小、那么具体，接受的我们从来也不曾珍惜她的这些给予，理所应当地接受着这些。

姥姥说："给没有衣服穿的人一丝布绺儿人家都知道暖和，给有十件棉袄的人再加上一丝布绺儿他都嫌热。"

不值钱的棉袄姥姥给我穿上的何止十件。我们都被姥姥热出痱子了，还是不知道这热来自哪里。

姥姥给予的这些"热"在当今社会太不实用了，金钱、权力、豪宅、名车，姥姥一样都没有，她给予的东西你不体味、不认同也许就不存在了。可是你需要，就像空气、风、雨、雪，不用花钱，也不用祈求，它就存在，你以为这是天经地义地属于你的。

姥姥的爱、姥姥的给予都是那么自然地流动在你的生活中。姥姥走了，你才想起空气中少了些什么，风雨中你需要些什么，你这才开始寻找，这才开始思考，这才知道姥姥的价值。

总有人问我，捐钱是为什么，其实就是姥姥说的那样，给没有衣服穿的人一丝布绺儿。在姥姥眼里，一丝布绺儿和一件棉袄是一样的，看给谁穿，干啥用了。姥姥常说："一粒扣子都别嫌弃，少了它，你的肚子就露着。"

一辈子没挣过钱的姥姥，既爱钱又不爱财，穷过也富过。

我曾经幼稚地让她数过一书包十块一张的钱，这是我第一次挣的"大钱"。演出回来挣了八千块，满满一书包，那时的姥姥从来没见过这么多真金白银啊。"姥姥，你帮我数一数，是多少，然后一百块捆成一捆，咱们全家分了它！"姥姥数钱的那个高兴劲儿我一辈子都不会忘记。关上门再推开，看看外屋有没有人，拿出毛衣把书包盖上再拖出枕头挡着，数一遍再数一遍，捆好了拆开，拆开了又捆上，这钱就像我俩偷的一样，数得满头大汗。姥姥的紧张和欢喜让我难受，也让我幸福。

我的目的就是让穷了一辈子的姥姥欢喜。

八十捆十元的钱摆了一床，我和姥姥数着家里人的名字分着钱，姥姥自作主张地把这笔钱一分两半儿，"这四十捆你自己先留下，剩下的这四十捆你再分"。我又自作主张地从要分的四十捆里拿出一半儿，"姥姥，这二十捆归你"。"别，这二十捆给你妈，我要一捆就够了"。

姥姥明明白白地分着钱，我清清楚楚地看着姥姥。一九八七年啊，我们还不是万元户啊！那个时候还没见过一百元一张的大票。十块钱的日子多好啊，数也数不完。如今港币一千块一张的姥姥都不稀罕，钱到底是多了还是少了？

我和姥姥关着门分钱的这份快乐永远地镶嵌在我的生命里了，我相信姥姥也不会忘记。

Ⅳ.

智慧如同储蓄卡……

能子真能

姥姥说："国家和小家一样，先把人弄好了，啥就都好了。"

姥姥其实是个能人。

姥姥大名叫刘鸿卿，小名应该叫能子。

姥姥能了一辈子。

穷的时候，她家过得谁都羡慕。不大的菜园子里边边角角种的都是菜，菜也都是姥姥按天、按计划种的。豆角快搭架的时候，倭瓜就长出来了，菠菜冬天多盖上一层雪，春天，饭桌上的绿叶就比别人家早上半个月。出门走亲戚穿的衣服在地瓜粉里浆浆就平平整整。夏天，院墙上挂满了青葫芦，开花的时候，我们就在院子里吃饭，宽宽的豆子汤面，清香的莴苣叶子，一滴油星也不见，可那个好吃呀！傍晚的时候，葫芦蛾子飞来跑去，像唱歌又像跳舞。姥姥端着一个洗脸盆，用笤帚蘸着水把院子浇一遍，一家人清清爽爽地坐在院子里闲扯着。葫芦一打纽儿我们就开始吃，拌着吃是一盘凉菜，熬着吃是一锅汤，包着吃又是一大堆馅儿。葫芦那个仁义呀，你吃多少我结多少，吃累了，吃不了啦，葫芦也老了。老了的葫芦也"老当益壮"，结几个像模像样的老葫芦，舅舅用刀从中间一劈，几个好使的水瓢就出来了，葫芦种子晒一窗台。

姥姥家永远是鸡鸭成群，早起把它们赶到河边，天黑再把它们领回来。算着日子孵小鸡，为的是日后开张（下蛋的时节）能掰开个儿，锅里就永远有鸡蛋花。小葱、小蒜常年不断，即使冬天，姥姥也把它们栽在地窖上面，用玉米杆子盖上。天好的时候往杆子上浇点水，水汽养着葱蒜。我说这不就是如今的蔬菜大棚吗？

在姥姥家冬天也能吃上最脆的大青萝卜。院子东面儿靠墙的地方挖了一个很深的地窖，地窖里啥都有。沙子里埋着秋天的黄瓢地瓜，几个大缸里放着秋天摘下的小国光苹果。苹果只要放在缸里，啥时候拿出来吃都是脆的。特别是冬天，外面大雪纷飞，我们一家坐在暖烘烘的炕上，听着戏匣子、嗑着瓜子，谁想吃苹果了，舅舅就把我放进箩筐，用绳子吊着筐把手，像打水一样把我和筐放进地窖，我在地窖里把苹果、萝卜装上半筐，舅舅再把我和筐一起拉上来。冰凉的苹果、翠绿的萝卜，再用缸里结了冰的凉水一洗，吃起来那个爽啊！现在想想，爽的可不止是嘴，爽的是心，是快乐，是幸福！

姥姥腌的咸鸭蛋在水门口也是有名的，东山的黄泥糊满整个鸭蛋后放进坛子里，腌的日子都在月份牌上画道杠，多一天不中，少一天也不行。煮的时候，旺火一开锅就不再加草了，

报春花

"吃哑巴亏的人心里都有数，沾哑巴光的人心里更有数。"

　　"二十几块钱买个啥？买个吃的一会儿就吃完了，买本书吃一辈子。好的书下一辈儿又接着吃，上算。"

焖上几分钟都是有数的。姥姥说旺火蒸蛋蛋黄是死的，旺火过后焖的蛋蛋黄是活的。不信你试试？活的蛋黄，吃的时候那真叫满嘴流油啊！

有几回鸭子晚上没回家，姥姥说："嗯，又上人家家下蛋去了。"鸭子、鸡哪天有蛋姥姥都算得十有八九。

"上人家家下蛋，那咱去要回来嘛。"

"少吃个蛋能少颗牙啊？不能。可多说句话就露齿（耻）了。人家要不承认，你拿啥证明？鸭子是自己去找的窝，又不是人家抓的。吃哑巴亏的人心里都有数，沾哑巴光的人心里更有数。"

冬天的姥姥家很招人。吃完夜饭一堆人就聚在一个大炕上了，扯上一床被子，被子上面是一大笸箩生产队带壳的花生种。剥二十斤交给生产队十三斤花生米，自家赚个花生皮烧火。仔细剥的人家最后还能剩出个半斤八两花生米，可姥姥家每回都不够秤，嘴多、手勤哪。姥姥说，吃吧，肚子里都缺油，少了秤记上账，来年再还上。

姥姥家的日子确实过得比别人家红火。两栋房子前后紧挨着，位置也好，就在东南头的村口，门前是一条和村子平行的河。姥姥的人缘好，出身也可靠，所以从"四清"开始，家里就没断过住外人，工作队、军代表都住过。

我记事起家里就住过两个勘探队，他们都是当兵的，几十个人住在姥姥家新盖的大瓦房里，可气派了，五间房子的三个大炕上住的全是解放军。他们自己做饭、自己挑水，那个热闹劲啊，不亚于过年。他们打饭排队、洗脸排队，连上茅房都排队。

他们在姥姥家住了两个月，我们跟着过了两个月的年。早饭是铁锅炸的二尺长的大油条，舅舅说油条大得都得扛着吃。中午是大米饭，晚上是馒头，炒的菜里顿顿都有肉。

我们一家对解放军充满了好感。他们每天给姥姥扫院子，从河里挑水给姥姥家浇地，他们每个人脸上都挂着笑容。

解放军走的时候，我和姥姥都哭了，哥哥说，姥姥哭的是解放军，妹妹哭的是油条，哈哈。

家里还有一个哭的人，那就是上高中的大姨，她是不舍得黑大个。至今我还记得黑大个姓吕，我给他俩送过信，我还和大姨去过他们部队。不过最终黑大个没有成为我的姨父，但大姨还是找了个当兵的。

姥姥是个能人在水门口都是有名的，姥姥自个儿不承认，她说她的能是因为儿女都能。最早进入水门口的香蕉就是大舅从淄博捎回去的那一大笼，水果之乡的水门口谁都没见过香蕉。姥姥挨家挨户地分，"没见过的东西，该叫大伙都尝尝"。好些人连皮都吃了。多少年后，村里人说起这事还笑呢。

姥姥家也是村子里最先烧煤的大户，大闺女有本事啊。我妈也显摆，找了一个朋友的大卡车，不花钱就把一大卡车的煤块儿拉进了姥姥的院子。不大的黄土院子堆上了一堆可以烧火做饭取暖的黑煤，真是一景啊，邻居大人小孩都来观望。姥姥像分苹果一样，东家一盆西家一筐，"回去烧吧，可比草经烧"。如今想起来真是温暖中透着辛酸，啥都分啊，一脸盆子煤管个啥用啊？

这就是那会儿的民风，穷日子大家一块儿过，谁也不笑话谁。用姥姥的话说，"上去几辈子，这个村里的人都是一家人"。哈，要按姥姥这么算，再上去几百辈子几千辈子，全国人民都是一家人了。姥姥心中的家真大呀！

姥姥家也是第一个把窗户纸撕下来换上玻璃的人家。妈妈那时候在制镜厂当会计，量好尺寸，在青岛切割好，拉到水门口一宿就把玻璃换上了。姥姥多少年之后才跟我说，那些玻璃妈妈一分钱没花，姥姥说，她提心吊胆地看着这明光锃亮的大玻璃窗，怎么看她也不觉得比窗户纸好，心里不踏实啊！

当妈的就怕儿女犯错误，不是有那么句话吗："父母帮着儿女，仨人都笑了；儿女帮着父母，仨人都哭了。"啥道理？你自己想吧！

妈妈调到机绣花边厂工作以后，姥姥家的窗帘、门帘、包袱、围裙都是用出口的花边拼接做成的。

"姥姥，这些是不是我妈从公家那儿偷的？"

"不能，你妈那时候已经是上千人厂子的总会计师了，又入了党，不能干那事。"哈哈，姥姥对党员的信任是从一而终的，在她眼里只要入了党的人就永远不会变坏了。

富了以后的姥姥也是能人啊，平衡着一大家子人。在她眼里，儿媳妇、女婿都不是外人又都是外人。分寸掌握得那个准呀，你不佩服都不行。一个农村老太太，这一辈子没和儿媳妇红过脸、打过架的，你找找看，不多呀！

好些年前了，我妈去商店买回来两件红羽绒服。一件大的是给我的，一件小的是给我嫂子的。两件羽绒服用手一摸就知道，大的是羽绒，小的恐怕连鸭毛都不是。我妈跟我嫂子说："想给你买和你妹一样的，没你的号，跑了几家店都没有。"

事后九十岁的姥姥点着七十岁我妈的脑袋："你就是个彪子（傻子），真不会办个事。你该倒过来，你就是给你闺女买个鸭骨头的衣服她也不能生你的气。你这好，给你媳妇买了一肚子气。你不给人家买没有错，你单独给你闺女买也没有错，你这么比着给你闺女买好的，给人家买糙的，你是精是傻？人家孩子是个傻子？聪明的婆婆对媳妇要比对儿子好，媳妇天天和你儿子在一块儿过，你这是给他们合呢还是给他们拆？你这就是挑事啊！你记住孩子，会说的不如会听的。"

姥姥也没把家里的保姆当外人。

姥姥说："你算算，你这一辈子和几个人在一个锅里吃饭，在一个屋里睡觉？除了自家人不就是保姆吗？你把保姆当外人，人家能把你当自己家人？说保姆不好的人，整天换保姆的人都是主人不好，起码三七开，保姆三，主人七。"

我们常说："姥姥，你该上国务院去上班，给总理当个助手啊。"

姥姥说："你当我不能啊？国家和小家一样，先把人弄好了，啥就都好了。"

"那你该上人事部去工作。"

"管上哪儿都一样，一碗水端平它就不洒，你没本事端平了就盛半碗水。"

姥姥游刃有余地在我们这个大家里"垂帘听政"着。对待保姆不见外也不客气，见着不对的地方也一针见血。有一回姥姥把保姆刚晾在阳台上的一堆衣服一件件地扯下来，又重新放进了浴缸。姥姥拧开水龙头，水哗哗地流着，浴缸里的水满了，泡沫也满了。姥姥叫来小保姆，"你看，洗衣粉还都在上面，衣服还都打滑呢。是，你阿姨看不见，糊弄了你阿姨就是糊弄了你自己，这个家也是你的家"。

有时家里吃的东西过期了，妈妈随口就跟保姆说："吃了吧，浪费可惜了。"

姥姥从来都不许，"你妈呀，真是瞎精神白念那些书了。你记着孩子，在锅上熬饭的人想吃啥肚子里最有数了，好吃的厨子多少好东西都能进嘴里。那冰箱没上锁，厨房门也开着，你能挡着人家的嘴？东西扔了最多费点钱，可扔进保姆肚子里，人家肚子生长了啥？生长了见外，外人啊。哪个上算？"

姥姥民间的理儿是一套一套的，虽说都是大白话，也不深刻，可是过日子就那么受用。

大前年我要去加拿大拍戏，一走就是两个月。走之前要安顿好两个人，一个是姥姥，送回威海小姨家；另一个是儿子。八岁的儿子才刚上小学二年级，我怎么也放不下心。不是担心吃喝问题，主要是刚上学，良好的学习习惯太重要了。这第一步谁来管？我们在家说着，姥姥在一边儿听着，有时听着听着她就睡着了。最后我们决定让青岛的嫂子来北京帮我带两个月，姥姥没听着。

第二天，姥姥火急火燎地把表妹叫来："你姐呀是个一辈子不愿求人的人。这回可把她难住了，孩子是她的心哪，工作又是她的命，命也要心也要，这就不知道要啥了。你帮帮她吧，你给她带俩月，你这就是顺手的事儿（表妹有个比儿子大一岁半的男孩，他们同在一个学校）。"

表妹知道我嫂子要来，就逗姥姥："我是没问题，可我们家那口子坚决不同意。他烦孩子多，他说孩子有个啥事的咱可担待不起。奶奶，你说让我怎么办？别为了这孩子再伤了我们夫妻感情。"

表妹的话让姥姥想了一夜。

第二天一早，姥姥又打电话把表妹叫来了："你心里得有个数，你这个男人靠不住。这类人遇到大事他一准是先跑的人，能一块儿晒太阳，不能一块儿淋大雨！别说你姐了，就是个邻居遇到这事了，你们就帮看两个月的孩子，你们都不能，这算个啥？你姐这个人你们知道，能让你们白看？我认识你姐这个人快五十年了，我最了解她。你帮她一尺，她能还你一丈。这么说吧，你这个男人不好，你还能再去找一个，姐你可就这一个。你回去掂量掂量吧！"

回头姥姥又跟我说："这趟出去又挣名又挣钱的，多少给你表妹点儿，她也好，你也好。"

"姥姥，我们姐妹还这么算计钱呀？"

"那不还有你妹夫吗？这点钱对你不算个啥，可你妹妹拿着在她男人面前就硬气！"

"冤死我了！"妹夫大喊："你们把我编成啥了？我在奶奶心目中成啥了？"

他再来我家时，姥姥对他依然热情，像什么都没发生过一样。

"姥姥，你真是个两面派，一点原则也没有。你怎么还对人家那么好？"姥姥的原则是谁也不得罪。

"不是。换个个儿想想，人家也没什么错儿，怕担责任就是有责任心啊。孩子不是自己的，怕出事那就是好人。孙女婿怎么着也是外人，咱对外人就不能那么要求了。"

哈，我们的本意是用这个玩笑试试姥姥糊涂没有，这么大岁数的姥姥依然清醒。大事不糊涂就是神，姥姥是我们家的神。和她相比，我们都是太普通的人了。呜，郁闷。表妹说，典型地搬起石头砸自己的脚，还试人家老太太，先试试自己吧！

哈，能子真能。

啥事都使心做，你就成神了

姥姥说："心闲着闲着就麻了，麻了就跳得慢了，慢了就上床躺着，躺着就是心脏有病了。"

家里原来是四个人喊妈，姥姥这一走，妈少了一大片。

我们在家里和第四代的孩子们做游戏的时候都带上姥姥，怕她闲着坐那儿又睡了。我们弄一大堆小纸团儿，里边写上各种各样的事儿，有吃糖的，有刷厕所的，有跑楼梯的，也有获得钱的。钱多的时候有五百，少的时候就一块。纸团儿扔在地上，大家剪子、包袱、锤地抓。孩子们都懂得照顾老奶奶，经常是姥姥抓了一个一块钱的小纸团儿，孩子们念成五百，因为姥姥不识字。我心里挺高兴的，行为比语言有力量，我们很少用嘴说孝敬，在日常生活中让孩子们知道，这个家里最重要的不是他们，是老人。

"孩子的日子慢慢过，老人的日子省着过。"

有一次姥姥抓了"做顿饭"，我们就把她推向厨房。好多年我们都不让姥姥靠近火了，现代厨具她根本不会用，烤箱啊、微波炉啊都是姥姥没用过的。做了一辈子饭的姥姥那个不服气呀，坚持用铁锅也不让我们这伙人饿着。孩子们给她打下手，她把冰箱里的吃的往笼屉上一放，蒸吧。一堆什么都有的大杂饭吃得我们都很欢喜,九十七岁的老厨师做的饭,多稀罕呀!
孩子们抢着吃,为的是让老奶奶高兴!

姥姥一生都在劳动,直到她去世。凡是我家包饺子,不管
几个人吃,饺子皮都是姥姥擀。快一百岁了,你试试,谁有这
个本事?童子功呀!

姥姥说她围着锅台转了一辈子,可没转够,她对锅碗瓢盆、
对厨房最有感情。她说她煮的可不是一锅饭,她养的是一家
人的性子。天冷的时候,不管吃啥,都是热气腾腾的,谁出门
走远道都是上马的饺子下马的面。没有肉,包个白菜抓把虾皮
也是饺子,没有白面,使地瓜面也是面,图的是顺。姥姥的手
那个有数啊,拌个馅炒个菜,抓把盐咸淡就正合适,既不用
尝也不用试。那些年都用大粗粒盐哪。我总说姥姥神,姥姥
说神是你自己。

"从做第一顿饭就使心做,啥事都使心做,你就成神了。"

姥姥的包子你吃了这个还想拿那个,吃多少都不饱。发面
的包子咬一大口才能吃到馅,可是皮儿比馅儿还好吃,皮儿的
一半儿浸了馅油了,可面又不囊。包子里的肉块一定是五花肉,
有肥有瘦还有弹力,无论什么菜都是切大块的,有嚼头。如果
是烫面包子,姥姥包的皮薄得都透明,包子里什么馅儿,从外
面就能清楚地看到。姥姥包的发面包子要半热半凉地吃才有
味儿,烫面儿的要趁热吃。

蒸包子的时候也讲究，包子底下要垫上玉米叶子，一是不沾笼屉，二是有玉米的香味。蒸熟了不要马上拾出来，要晾一会儿，省得它们往一块儿沾，沾得少皮没毛的不好看。包子上面还要盖上一块笼屉布，风吹了的包子皮儿是硬的。

姥姥包的包子个儿大，她说包子小了你就不如吃饺子了。她包的饺子也比一般人家的大，小了吃不上馅儿，姥姥说饺子煮在锅里要胀得像一群小肥猪才好吃。煮的时候几个几个地煮，吃的人从第一个饺子吃到最后一个都是刚煮出来的。

姥姥包的虾仁儿水饺那个好吃啊！首先虾必须是渤海湾的励虾（海里的一种小虾，胶东半岛特别多），包进饺子的励虾基本上是一只切两三段，不能太碎，馅儿里的韭菜必须是六月份以前的，"六月韭，臭死狗"，还要再切点五花肉末提提味儿。包的时候两手一捏，大肚子就出来了，吃的时候别一口吞下去，得吃两口，这样才能吃出饺子味儿。

每年励虾上市的时候，妈妈都几十斤地往家买，姥姥就坐在厨房剥皮，剥好的虾仁用保鲜袋封好放进冰箱。

这一个春天我们隔三差五地吃虾仁饺子，儿子上学早起姥姥都包虾仁饺子，姥姥认定虾吃多了，孩子长个儿。"哈，儿子可不敢使劲地长了，长那么高又打不了篮球，将来安灯泡不用梯子。"人家问七岁的儿子长大了干什么，他说当梯子，谁都不明白出处在哪儿。

姥姥烙的饼可比印度抛饼好吃。放在锅里是一张饼，拿在手里是一堆"破布"，不见油，却一层层的谁也不沾着谁，想撕一块儿下来还挺费劲儿的。

姥姥把包子、饺子、烙饼的秘方都传给我了，弄得我如今很辛苦。上我家来的朋友都点名要吃姥姥包的包子、饺子，姥姥不在了，自然是姥姥的外甥我来包。

哈，青出于蓝而胜于蓝，我包的也很好! 反正吃了的人都会说，剩下的我带走吧。还有人建议我开个包子铺，瞧我这点出息，从春节晚会下来也不能卖包子啊。哈，主要是卖姥姥这种用心做的包子成本太高了。

姥姥活着的时候，我"批评"她："做个饭嘛，那么费劲干嘛? 多浪费工夫呀!"

姥姥说："我一辈子就这点事儿，再不费心，我那么闲着干啥? 心闲着闲着就麻了，麻了就跳得慢了，慢了就上床躺着，躺着就是心脏有病了。"

"就是无病呻吟吧?"

姥姥过日子的用心体现在方方面面。一捆柴禾四用，烧火做饭的时候就把炕上的被子铺开，先焐着（锅灶连着里屋的炕），锅上熥着饭，锅底熬着米汤。大火开了锅，风箱就不拉了，余火里埋上地瓜、土豆，冒着热气的锅盖上搭着被冰冻了一天的衣服。姥姥从不浪费资源，也不浪费时间，和邻居闲扯手里也择着菜，熬粥的地瓜干都用手掐得碎碎的，说是省火。

节省了一辈子的姥姥偏偏养了我这么个最浪费的外甥，什么东西都往垃圾桶里扔，解不开的线团一剪子就咔嚓了，洗不掉污渍的衣服，扔！再好的菜，吃不完，扔！

我跟姥姥说，我得改改这毛病，要不下辈子得要饭。

唉，姥姥倒说不用改："对你这样的人来说，心思、时间都花在省碗菜、蹭蹭油锅上那就不上算了，有这工夫你去随便干点别的事，那就能挣一篮子菜、一锅油。人和人的本事不一样，老天给他安排的事儿也不一样，俺这些人没本事，才穷过穷打算。"

姥姥辩证地对待每一个人、每一件事，与时俱进哪！

我想起上小学那会儿，姥姥跟着我在青岛住。那时候买粮都要用粮本，正长身体的我和哥哥总觉得吃啥都不饱，可姥姥吃啥都是吃一点儿。

哥哥拿着放大镜照着姥姥的肚子："啊，姥姥没有胃。"

姥姥说："你再照照你自己，俩胃。"

全家人大笑。

小时候的哥哥无视任何人，好吃的都是吃双份。当年西哈努克亲王访问青岛，我们代表青岛的小朋友给他们献花，得了一份夜餐——大众饼干。我没舍得吃，双手捧着从火车站走回家，想给姥姥和妈妈尝尝。回到家还没看清饼干长得什么样，就进哥哥的肚子了，气得我直哭。

姥姥说："行啊，你得了个面儿，眼吃饱了；你哥眼饿着，肚子饱了，多好。"

是啊，即使四十多年过去了，再从电视上见到西哈努克亲王和夫人，我都会想起我七岁的时候见过他。这不就是眼饱的好处吗？

那个时候最怕吃饭的时候家里来人。有一回，饭刚摆上桌，就有人敲门。姥姥噌地一下站起来，随手拉下了灯绳把灯关了，"家没有人"。哥哥和我都笑了："家里没人你还说话呀，姥姥？"

"大娘，我是倪会计单位的，来送大葱的，给你放门口了。"

姥姥啊，那时候就怕外人进来吃口饭。人家多吃一口，她外甥就少吃一口。"家没有人"这句话那时候说起来就笑，现在想起来就难受。

可在水门口，姥姥家的门恨不能都关不上，谁进门只要赶上个饭点儿，姥姥随手就搬个小凳，"过个门槛吃一碗"，一句顺口溜让吃的人心安理得。那年月即使刚吃了饭的人坐下也能轻松喝上两碗面，肚子都空啊。要不，现在只要有人说共产党不好，姥姥就反驳："别不知足，你去试试，让这么些人吃饱喝足，谁也不行，也就共产党有个好章程（办法）。"

姥姥对党有感情，对毛主席有感情。她的儿女、孙子孙女、外甥们几乎都是党员，她觉得很光荣，也很有面子。

一九九七年香港回归祖国，我带姥姥去人民大会堂看节目。我做主持人二十几年，这是第一回利用工作之便把家里人安排到现场。

姥姥前排坐的就是党和国家领导人，姥姥坐在那儿很不安。我说姥姥你应该坐这儿，"你是革命烈属啊，英雄的母亲啊"！

那晚，姥姥脸上放着从未有过的光彩，她内心一定体验着光荣，体味着自豪。无论谁，无论有文化没文化，光荣与梦想都在心底深处埋藏着，一旦有机会它就会闪烁。

那一晚姥姥真是兴奋了。看看舞台上唱大戏的人，再抬头看看那么高的房顶，她一定是想起了六十年前她家盖的那五间大瓦房，二十几个人才把房梁上上。这个大会堂的大房子上梁的时候得多少人啊？得蒸多少馒头啊？人哪，真是能气呀！

演出结束了，我和姥姥就坐在大会堂的台阶上。

"姥姥，你看今晚天安门广场张灯结彩的，多漂亮，好吧？"

"嗯，好是好，就是有一点儿不好。"

"哪点儿不好？"

姥姥指着毛主席纪念堂："就差那么点儿电啊？该都点上灯……"

可不吗，天安门、人民大会堂、历史博物馆、人民英雄纪念碑，到处都挂着彩灯串灯，唯有毛主席纪念堂那块是暗的。

"没有毛主席，中国不会那么早解放，该都点上灯，就差那么点儿电……"姥姥反复说着这句话。

你看我姥姥，用词之准确。"该"而不是"应该"，"就差那么点儿电"，姥姥的意思"顺便儿"就挂上了。这里边包含着她对毛主席的评价了。

姥姥啊姥姥，从来没和这个时代脱节过。不认字、没上班，家里的小事、国家的大事她都明白、都掺和，不白活呀姥姥。

小平同志去世那天，姥姥还在家里找出王文澜曾给小平拍的一张照片摆在桌子上，点上三支香，鞠了三个躬。

"姥姥，你不上学、不工作真是可惜了。"

"不可惜，我要去念了书、上了班儿，还能有你们？"

是真心，还是安抚自己，只有姥姥知道。

姥姥和季羡林是同学

姥姥说："天下有两个妈，一个是大妈、一个是小妈。孩子也有两个，干大事的孩子、干小事的孩子。季老头儿的妈是个大妈，孩子也是个干大事的孩子，必定是送出去。"

姥姥和季羡林是同学。

前些年，季老的一些散文、杂文刚上市那会儿，我们就买了很多，没事就在家念给姥姥听。

虽说是大学问家，可书里的国事、家事都写得那么入情入理，不矫情不做作，大白话里透着深刻的人生哲理，这样的书姥姥爱听，有些段落我反复给姥姥念。日子久了，姥姥常会打听这个老头儿的一些事儿，我也一遍一遍地把我知道的、听说的、书上看的跟她细说。

慢慢地，爱翻书的姥姥手里又多了几本季老的书。有一天回家，见姥姥正手捧一本季老的杂文，戴着老花镜端坐在落地窗下的竹沙发上，口中念念有词，我们都笑了。生人要是初次见这场面，一定以为姥姥是一位做学问的教授呢。

姥姥不识字，却崇尚文化。在姥姥的秤上，字的分量最重，书最值钱，多贵的书姥姥都说值、便宜。

"二十几块钱买个啥？买个吃的一会儿就吃完了，买本书吃一辈子。好的书下一辈儿又接着吃，上算。"

姥姥说买季老头儿的书更上算，人家书上说的都是咱家也有的事，遇上解不开的疙瘩看看人家季老头儿是怎么说的。

也不知从哪天起，姥姥在季老后面加上了"头儿"，于是季羡林就变成姥姥嘴里的季老头儿了。日子久了我们也跟着叫"季老头儿"，好像季老是我们村儿的一个普通老头儿，全家叫得那么顺嘴。

姥姥看季老头儿的书多半是看书里的照片儿，整天看、反复看。

我表妹说："别看了，再看就看上人家了。"

姥姥也不客气："这季老头儿年轻的时候可是个不碜（丑）的人。"姥姥指着季老留学德国时的那张穿西装的照片，那时的季老确实很精神很漂亮。

我逗姥姥："你看上人家，人家还看不上你呢。人家多大的学问，人家会好几国语言，你就会写个自己的名儿。"

姥姥不无忧伤地无数次感叹："俺是没遇上好社会、好家庭，没摊上个明白的爹妈（姥姥的哥哥、弟弟都念书了），要不我怎么也得念念书、上上学，弄不好我还是季老头儿的同学呢！"

我们几个后辈哈哈大笑，姥姥自个儿戚戚地笑，笑出了泪水。

一个九十多岁的老人了，身上的血水已经没有多少了，这珍贵的泪水饱含了姥姥怎样的渴望和遗憾呀，只有我明白。"姥姥，你不是常说一个人一个命，一个家一个活法吗？咱别和人家比呀。在我的眼里，你没上过学也照样是个文化人，我相信，你就是季老头儿的同学。"

我急于用心擦去姥姥戚戚笑出的泪水，安抚姥姥那颗痛楚的心，极力保护姥姥那份美好的渴望。

从此我们称姥姥刘鸿卿同志，是季羡林同志的同班同学。

姥姥心里一定是为自己没读书纠结了一辈子啊。

我也劝她："读书其实也是挺苦的一件事，书念多了，痛苦也就多了。"

姥姥说："这么说话的人都是自己念书得着好处了，怕人家再沾光。念书多了，知道的事儿多了觉得痛苦，那都是烧（烧包）的！别的不说，书念多了的人就比别人多活了好儿辈子。念了书不用出门哪儿就都去到了。两条腿再能走，这一辈子能走多远？认了字看了书想上哪儿跟着书走就行了。"

"哎，姥姥，你没念过书怎么那么了解读书人啊？"

"咱还不会看吗？俺那场儿没念过书的那些老人岁数一大像个傻子一样，你们这儿的人，那些电视上的干部，多大的岁数都精精神神的，人家肚子里有东西啊！再说了，有苦也不是坏事，苦多了甜就比出来了。你吃一块儿桃酥试试，又甜又香，你再吃一斤试试？你那嘴呀就想找块咸菜往里塞。孩子，别怕苦，苦它兄弟就叫甜哪！"

姥姥没念过课本上的书，可生活中的书姥姥一直在念呀。

姥姥和季老同是山东人，年龄相差三岁，都差点活到一百岁。然而他们走的人生之路却完全不同，日子也过得千差万别。

有一年去南开大学参加校庆，我在那儿遇上了季老。回来我跟姥姥说："今天碰见你同学了啊！"姥姥一听就知道我说的是季老，因为姥姥在这个世界上只有这么一个"同学"。

我说："季老也挺可怜的。一个这么大岁数的老头儿，这么冷的天，里外穿了四件毛衣。不好看不说，关键是多不得劲呀！有的毛衣磨得只剩下线了。四个毛衣袖子套在一块儿，你试试，胳膊都不能打弯，季老站在主席台上两手伸着像个稻草人。再说，也不暖和呀！老头儿脸冻得煞白。咳，一个人一个过法儿，又不是没钱，买个丝绵袄宽宽松松地穿上又暖和又舒服。"

转天姥姥就把我叫到她屋跟我商量，叫我去买块藏蓝色丝绸，再买一斤二两蚕丝绵，给他同学做件棉袄。

这回我没逗她，立刻就去了当时的友谊商店，又跑了元隆绸布店，把姥姥要的东西买齐了。一个星期姥姥就大针小线地给季老把棉袄赶出来了，拽断最后一针线我就给季老送去了。那天还带了我们山东的水疙瘩咸菜和姥姥蒸的全麦馒头，也都是季老最爱吃的。

在堆满厚书的小屋子里，季老吃着馒头就着咸菜，穿着老乡给他做的丝绵袄，频频点头。我相信老人家激动了，我也有些心酸。多么大的名人，多么大的学者，日子不也就这样吗？我想起姥姥常说的一句话："不想遭罪的人得遭一辈子罪，想遭罪的人遭半辈子罪就行了。"季老年轻时就奋斗，奋斗了一辈子不也没享多少福吗？福到底是什么？

我回来问姥姥。

"这么个过法对他可不是遭罪，人家这就是享福。罪和福一人一杆秤，对季老头儿来说，不写书、不看书就是遭罪，守着书睡觉比守着钱睡觉享福。他爱吃咸菜可不是想遭罪。"

呜，还是同学了解同学呀。

八十多岁的姥姥以她的粗针大线给大文化人缝着丝绵袄，我相信姥姥是快乐的，是得意的。已经多少年不做针线活儿的姥姥手戴顶针，穿针引线依然是那么娴熟。

"就像你们骑自行车，打小学会了，现在就是会开飞机了，你再骑自行车也没说不会骑的。"姥姥说。

姥姥对季老的关心还是源于我。

写出《日子》的时候，季老曾开我的玩笑："人家倪萍现在也是作家了。"我真是脸红，《日子》不过是一堆废话，季老竟说他也要一本。

我心里还是想送去的，问姥姥："这合适吗？和季老的书比，咱这是真正意义上的小书啊。"

姥姥说："要书不丢人，给书也不丢人。没听说哪个大人不让小孩子说话，有时候小孩子能说出一堆大人的话。"

姥姥和我都清楚，季老写的是大书，我写的是小书。

硬着头皮给季老送去了一本《日子》。

再去季老家的时候，李阿姨说，《日子》叫他家的一个亲戚拿走了，季老还紧催着要回来，说人家倪萍是送我的，书不可以被人拿走。

我很感动，大人尊重小孩。

以后的又一年，季老回山东老家官庄给他母亲上坟，我带摄制组跟机采访，顺便也把三岁的儿子带上了，读好书，交高人嘛。

我们是坐火车去的，一路上季老都看着窗外，偶尔看看车厢里的人，逗逗孩子，话不多却很温情。你如果不认识他，一定以为这是个地道的乡下老头儿。

我和平静的老人面对面地坐着，平日挺能说的我却也不知此时说啥，我也看着窗外，偶尔看看季老、看看孩子。我坚信季老内心是翻江倒海的，快九十的老人了，心里揣着年轻的母亲，那滋那味你去体会吧！

家，实际上已经没有了，父母不在了，兄弟不在了，儿孙也不在，回家看谁？可季老依然那么急切地往家奔，一上午的慢车在季老来说就像是坐飞机，心早已去了官庄。

我一路也在盼着。

离县城只有三十公里的官庄是个挺大的村子，村里有五百多户人家。有电视的人家不到一半儿，大部分还是黑白电视，于是我在那里出现就被很多老乡误认为是县里来的干部。

官庄以盛产大蒜而出名，那里的蒜个大、肉香，家家门口的院子里都像拍电影一样挂着一排排"大辫子"优质蒜，有一个老乡不知我是干什么的，一个劲地问我："你们要不要大蒜，五毛钱一辫，要多少都有······"我要是有车真想拉回一车，不是需要，而是真的想成全官庄这位老乡的这笔"生意"，多好的大蒜！

官庄人的质朴让我感动。

八月六号是季老出生的日子，那天清晨我们摄制组是和太阳一起走进官庄的，我们想赶在季老回官庄给父母上坟之前拍拍官庄。一进官庄，我们知道来迟了，因为官庄那天家家户户都早起了，六点多钟许多好热闹的小孩子、妇女已经聚集在街头了。村庄的街道被人打扫得一尘不染，虽然是土路、土房子，可你竟然会觉得这是乡亲们用乡情为季老铺下的一块块最松软、最好的地毯。我被感动了。

更让你感动的是村里许多人不知道季羡林是多么了不起的

人，更不知道他如今的身份是什么，他对中国的贡献是什么，他们只知道他是官庄人。

上午八点季老回家了，"家"里有上千人在村口等着他，年长的、年少的都往前拥挤着想看看这个"奇怪"的官庄人。

没什么两样嘛，一件旧的的确良白衬衫里套着一件圆领汗衫，一条绸子裤好像洗的次数太多了而泛白且短在脚脖子之上，这就是人们在这里等候许久了的"家"里人？一个普通的小老头。

季老不停地握着每个人的手，嘴里说着什么，也听不清。但是你从他那平静的脸上还是能看出：季老激动了，因为到家了。

季老带着从芝加哥回来的孙子季泓在他爹娘坟前长跪不起，那一刻，原本像开了锅一样的官庄安静了，小孩们不懂事是被眼前的景象惊呆了，大人们懂事是因为这一刻谁都理解了这普天下最容易懂的一种感情，谁没有爹娘，谁没有儿女，谁没经历过生离死别……

一个满肚子文化的人，和官庄最普通的百姓一样，给爹妈的坟前摆上了点心、水果，还有鸡鸭鱼肉。我相信躺在坟里的那两位老人一定是心满意足了，他们的儿子，唯一的儿子，在九十岁的时候还回来看望父母，这不也是父母最知足的事吗？

　　回到北京，我们又把季老请到了台里的演播厅，做了一期谈话节目《聊天》。季老很少上电视，那时候电视上谈话节目也很少，季老给了我足够的面子。我们说了很多小事、家事。

　　我读过季老写的一篇散文《永久的悔》，读了很多很多遍，每次读的时候，那种痛的感觉永远新鲜。

　　我们山东有句老话，说"儿子长得特别像妈"，所以我问季老："你长得像母亲吗？"

　　没想到季老说："不知道，我母亲什么样子我记不清了。"

　　"一张照片都没有？"

　　"没有，穷得连饭都吃不上，还有照片？"

　　"我在母亲身边只呆到六岁，现在我回忆起来，连母亲的面影都是迷离模糊的。特别有一点，我无论如何也回忆不起母亲的笑容来，她好像是一辈子都没有笑过。家境贫困，儿子远离，她受尽了苦难，笑容从何而来呢？"

　　在我们的节目现场，特意请来濮存昕朗诵了一段季老的《永久的悔》。朗诵结束，所有的人都被深深地感染了。

　　我当时真有一种愿望，真想告慰已经长眠在官庄的、季老的母亲，她用尽所有的想象都不可能想到，自己养育了多么多么了不起的一个孩子。从这个意义上说，季老的母亲是位伟大的母亲。

　　看了播出的这期节目，姥姥说："人哪，该干啥的就得去干啥，季老头儿会写书不会说话，坐那儿像要睡着了。"

从官庄回来，姥姥急于知道季老的故乡行怎样。

我详详细细地把官庄那几天的日子向姥姥汇报了。

我说："季老的母亲命不好，才不到五十岁就死了。"

姥姥却说："人家这个妈真是有福啊，死了比活着好。"

"天下哪有死了比活着好的理儿？"

"你想啊，有儿不能见，家就一个孤老婆子还算个家吗？活着就是受罪呀！"

季老说他母亲长的什么样他都记不清了，模模糊糊记得六岁他离开家去济南那天他母亲是倚在门框上的，日后母亲留在他记忆中的永远是这个画面。他这一走就再没回过这个家，再没见着他母亲，直到回来为母亲奔丧！他说见到母亲的棺材停在门厅的那一瞬间，他恨不能一头撞死在棺材上随母亲而去。如果还有来世，他情愿不读书、不留学、不当教授，就呆在母亲身旁娶个媳妇、生些孩子、种个田地。悔呀！

那几日姥姥长吁短叹。

我问姥姥，如果你是季老的母亲，你有这么一个儿子，让你选择，你是送他出去读书，还是留他在身边种地？

姥姥脱口而出："送出去呀！天下有两个妈，一个是大妈，一个是小妈。孩子也有两个，干大事的孩子，干小事的孩子。季老头儿的妈是个大妈，孩子也是个干大事的孩子，必定是送出去。"

姥姥说的大是伟大，伟大的母亲用更远大的母爱把孩子舍出去为天下做事，不管情愿不情愿，不管自己多苦。季老的母亲完全可以从官庄去济南把孩子领回来呀，即使不领回来也可以去看看啊！

从官庄回来我们不再叫姥姥同学了，也不再开玩笑了。我们一家对季老的尊敬中又多了一份心疼，姥姥也多了一份牵挂——季老的母亲。

现如今，季老、姥姥都走了，再也不回来了，人生又重新开始了。假如在那里可以重生，我盼望姥姥能真正成为季羡林的同学。我坚信姥姥一定会选择读书认字，成为一名学者；我也坚信季老会带上他的母亲，种地、娶上媳妇、生上孩子，照样念书、教书、写书。

"盼望、盼望，盼多了、望多了，你那个盼望就能实现了。"姥姥说的。

写书也不是多大的事

姥姥说:"写书也不是个多大的事,你看人家也没写个啥,就是过日子那点油盐酱醋,烙个油饼炒个菜。"

在宽大的书架前翻着一本厚厚的书,是姥姥在我们家常有的画面。起初你想笑,一个不认字的老太太,手捧一本满是字的书看什么?慢慢地你就有些心酸,她一定是渴望知道这书里写啥了。再后来你就想哭,想到姥姥每次拿起书差不多都会说一句:"唉,睁眼瞎,长个眼好弄么?"不认字又喜欢字的姥姥真是痛苦啊!

"这个世界上不认字的人多了,人家不都过得挺好的?"

"他要是摸着心说实话,没有一个人敢说他过得好。不认字,多闷得慌。"

闷得慌,姥姥的心闷得慌。

我不忍心让姥姥闷得慌,常给姥姥念书。张洁写的那本《母亲的厨房》刚上市我就买回家念给姥姥听,书很薄几天就念完了。姥姥说:"写书也不是个多大的事,你看人家也没写个啥,就是过日子那点油盐酱醋,烙个油饼炒个菜。""哈,老太太,就这才不好写呢!平凡的日子人家写得你那么爱看,这就是大家。"又过了一阵子,姥姥拿着张洁写的另一本书《世界上最疼我的那个人去了》,"你给我念念这本书吧,这上面写了些啥?""呵,老太太,认字啊,这不是那个张洁吗?"哦,姥姥认识书里的照片,两本书里都是同一个女人。

这本书被姥姥催得基本上是一口气读下来的。今天只要停下,姥姥明天一大早起来就会问:"张洁的妈从医院回来了吗?医生怎么说?她那个外甥书包从美国来电话了吗?"好多处姥姥都掏出手绢擦眼睛,我说:"你这么难受咱今天不念了吧?"可姥姥每次都说:"念吧念吧,我不是难受,我是好受。"姥姥说的"好受"我懂,她从张洁的这本书里享受了真正意义上的亲情、母女情。

张洁在书里说:"一个人在五十四岁的时候成为孤儿,要比在四岁的时候成为孤儿苦多了。"姥姥听了这话又哭了,姥姥说:"你告诉张洁,妈早晚是得走的,妈走了闺女还能活,知足吧。要是闺女走了,当妈的就活不了啦。一辈儿一辈儿的都是这样。"莫不是姥姥又想起她的小儿子了?她在五十多岁的时候失去了二十多岁的儿子,她不也活过来了吗?姥姥说:"死了几回啦,只有自己知道……"

家是什么?家里的人是个什么关系?不就是这么琐琐碎碎忙来忙去吗?你搀我一下,我扶你一把,似乎今天过得和昨天一样。一样的日子有人过得有滋有味,有人过得麻木不仁。姥姥崇尚苦日子一家人搅拌着过,"不好吃的菜一人一勺就见盘子底儿了，好吃的馒头越蒸越香，越吃越有"。姥姥这样评价张洁这本书："说的都是家家都有的事儿，可是人家说的你就那么爱听，听了还想听。"

我以为这是读者对写作者的最高表扬。

听完了这本书，姥姥对张洁娘俩的牵挂不亚于她们的家人。那年春节，乡下舅妈送来一筐大铁锅蒸的新麦子面开花馒头，一个就有二斤重，大个的都像盆子那么大。姥姥非让我给张洁送两个。我笑了，我虽然采访过张洁老师，也认识，但北京不是你们水门口村啊，说上人家家提溜着两个馒头就去敲门，吓着谁。

姥姥不明白，认识的人怎么还不能来往？"别看着馒头不值啥钱，可在北京有钱也买不到。"我知道姥姥决不是因为怕张洁没了母亲吃不上饭，姥姥的内心是觉得自己有个大得不能再大的热水袋，灌满了她的良善，谁需要就拿去暖乎暖乎。热水袋凉了可以随时换上热水，没有热水了还可以放在怀里加加温。热水袋不值钱，但却管大用，因为有爱。姥姥觉得在这个世界上，人和人之间应该有一个基本的爱，这种爱铺设在亲情、友情之下，是一个社会最基本的温暖，是一种自然的相互帮助、相互给予，是人性里最天然的东西。姥姥说："这样你上哪去都不用担心，见了谁也不用害怕，就像在自己家里。"姥姥盼着社会是个大家庭。

姥姥还牵挂一个人，史铁生，是因为听了他的《我与地坛》而认识的。这个我已经读过几次的散文，姥姥也那么喜欢。姥姥心疼这个"等待我活到最狂妄的年龄上忽地残废了双腿"、"我一连几小时专心致志地想关于死的事······这样想了好几年"的孩子，姥姥舍不得这个"一下就倒下再也站不起来的孩子"，姥姥更不舍得那个"一辈子心就倒下了"的史铁生的母亲。"心倒下了就站不起来了，就活不起了。"可不嘛？史铁生的妈妈才四十多岁就去世了。姥姥说"这个妈是挺不住了，跑了"。"不该想不通啊，得这么想：还有赶不上咱孩子的，人家的妈不都挺着？这就是心没倒，心没倒就活得起。这路孩子更得有个妈，没有了妈，孩子就等于又少了一个胳膊。"

姥姥预言史铁生能活个大岁数，"别看这孩子遭点儿罪，一星期换三次血，死不了。他妈用命给他换着寿哪"。与其说是姥姥迷信，不如说是姥姥的美好祝愿。

我答应姥姥，有机会见到史铁生，一定把这话传给他。直到如今，我也没见着史铁生，他太低调了，只让书露面。他每一个版本的书我都买，即使重复了，我也买齐。我和姥姥买他的书是为他的生命加油！

姥姥也是在书上认识贾平凹的。我跟姥姥说，政协开会，我们俩在大会堂的座位是挨着的。姥姥觉得我真了不起，净和一些有能耐的人坐一块儿。在姥姥眼里，能写会画的人都是有能耐的人，特别是那些农村出来的文人，姥姥更是高看一眼。姥姥说："趴在炕上能把字写周正的人，你不让他去念书那真是白瞎了。从前农村有个啥？灯也没有，桌子也没有，连张写字的纸都没有，还能出个写书的孩子，那不就是个神吗？"贾平凹是神。

长大了我才明白，为什么穷的时候，姥姥家一年中吃得最好的饭是学校的教书先生派饭来家的那几顿。一堆像破布一样散散的油饼被姥姥用好几层毛巾盖着，那香味隔着院墙都能闻到。大铁锅旺火炒的茄子丝，葱花爆炒的白菜心儿，那真是香啊！

姥姥还喜欢一个作家的书：莫言，说莫言长得和水门口村的人一个样，人家的孩子怎么那么有出息？我说莫言长得不好看，小眼睛，黑乎乎的。姥姥说没见哪个大双眼皮的汉子好看，单眼皮劲道。

姥姥喜欢莫言是因为他实在，姥姥对莫言的书的评价就是这两个字：实在。

"净说大实话，说的你听一遍就记住了。"

苦难、贫穷、饥饿在莫言的书里都写到了极致，这些文字的记忆都深深地触动了姥姥。好几个故事我给姥姥念的时候，姥姥都是不停地擦眼泪。

姥姥感动的是这个和他们村里的人长得一模一样的作家心里没忘记这些苦难。苦难生成了一种力量，为一天能吃上三顿饺子而努力学习、出人头地，当个写书的人。多么真实，多么不掩饰，多么难能可贵。

理想有时候起步很小、很具体，但最终它有可能变得伟大，有可能从为自己不自觉地变成为他人、为全人类。姥姥佩服这样的人。

姥姥说："人哪，不敢穷；社会啊，不敢乱。社会一乱人就穷了，人一穷社会就更乱了。莫言这孩子去念书就是想吃个好饭、吃个饱饭，这叫个啥？叫志气！连个想吃好饭的志气都没有的人还能干个啥大事？"

我在家也常翻陈丹青的书，姥姥跟着看书里的画。我指着陈丹青的照片，"你们村儿可没有这么好看的人吧？"

"早年间有，这阵儿没有。"

"你那意思是人家长得不现代？这可是一个最时尚、最前沿的人。"

"不是，我是说现在像这么利利落落、清清爽爽的男人不多了。旧衣服穿在现代人身上，就是好看加上好看。"姥姥也夸陈丹青的衣着。"你看看，人家鼻子是鼻子眼睛是眼睛，长得一点也不糊涂。眼睛瞪得那么大，一粒沙子都进不去。"

"人家陈丹青最值钱的是脑子不糊涂。"我说。

姥姥真逗，谁的眼睛长得不是眼睛？但我知道，这是姥姥夸奖人的一个方式，姥姥认为人的外表和他的内心一定有一处是连接的。连接点不同，做人、做事的方式也不同。

偶尔也给姥姥念上一段陈丹青的文字，姥姥的评语是："是个有数的人。这路人都是刀子嘴豆腐心，说话有的时候像咬人一口，这路人在单位当不了大官，谁愿意整天被人咬？"

我告诉姥姥，陈丹青还是个教书的先生。姥姥对他的敬重油然而生："就这路老师能教出好学生，学生不怕骂！"姥姥指着陈丹青的照片："念书的人不管长得么样，你仔细看都长得好看。书念得越多，人长得越俊。没念过书的人眼神是傻的。"

姥姥说的"俊"是指气质，姥姥说的"傻"是指没魂儿。

姥姥说得准，陈丹青是个有灵魂的人。

不认字的姥姥什么书都爱听，只要你有工夫给她念。姥姥跟着我认识了不少作家，有些作家的书我都不怎么翻了，姥姥还偶尔提起他们。比如赛珍珠，她的书现在市场上都不大能买到了，很多年前我基本买齐了。姥姥喜欢她也是因为她写的事姥姥熟悉，也有感受。姥姥敬佩人家一个外国漂亮女人，在中国的乡村和村民那么有感情，这是神哪！姥姥的评价也很准确:"就像那个花,根啊、叶啊、花啊都是外国的,可是埋在咱这儿的地上,喝上咱浇的水,吃上咱喂的肥,长着长着就成了咱这儿的花了。你别看开的那些花还是人家原来的那个样,可是性子啊、魂儿啊慢慢地就一样了。"她是说赛珍珠的内心、灵魂已经涌进中国人的圈里了,你看多准。后来我又给姥姥读赛珍珠的传记,姥姥知道她有一个傻孩子,晚年很不幸。姥姥还慨叹:"唉,她该抱着孩子回中国找个中医看看,孩子兴许能好!人家帮了咱中国人的忙,咱也该帮帮她呀!"

萧红的小说姥姥也爱听,小说的语言、小说中的故事都是姥姥熟悉的。姥姥对她的评价是:"这个闺女真会写,写的那些话和北极村的那姑娘一样,干脆利索,一听你就再也忘不掉了。"

哦,姥姥说的北极村的姑娘是指迟子建。

还不认识迟子建的时候就给姥姥读过她的书,也是拣一些姥姥听得懂的章节,像她写的种菜的、走马厩的、纪念她父亲给她做灯的那些事。姥姥知道迟子建出生的那个地方是中国最早升腾起太阳的地方,姥姥迷信地说:"那里的人都不是一般的人,都是神人;那个地方也是神地儿,发生的事儿自然也都是神事儿。"有一天,我拿回来一张我和迟子建合影的照片,"姥姥,你给相相面,照片上的这个人有什么神的地方没有?"姥姥笑了,"一对儿神人,不知道的还以为是一个娘肚子里生的姐儿俩"。姥姥说我和迟子建长得像，都是神人。

姥姥爱书对我是个极大的推动。一个不认字的老太太都这么明白知识的力量，我这么个认得一些字的人还不好好读书，不应该呀。

我的老师是姥姥

姥姥说："用心看着人，用心和人说话。别觉着自己比人家高，也别怕自己比人家矮。"

"你这么说叫人笑话！"

想起有一次记者问我的主持风格是怎么形成的，我说："我的老师是我姥姥，她教我要说人话。"我回来跟姥姥说这事时引出了她上面的那句话。

真的，仔细地回想了一下，我从第一次拿起话筒做主持人，脑子里就有姥姥的神情。

"用心看着人，用心和人说话。别觉着自己比人家高，也别怕自己比人家矮。"

在长达近二十年的主持生涯中，我始终要求自己把语言打碎了，把心放平了，把文词拆开了，用最直接的方式把话说出来。这是风格吗？我以为是，至少这种风格适合我。念了几本书，知道了一些文字也不用显摆出来，"人家一看房子结实不结实，就知道你地基打得多深。会说的不如会听的，会写的不如会看的"。

说姥姥是我的老师真不是我抬举了姥姥，是姥姥抬举了我。在做人方面，我们的下意识行为和姥姥的下意识行为真不能比，有时候我真怀疑是姥姥没念过书，还是我没念过书。

有一次我带姥姥坐出租车，下车的时候，司机师傅说啥也不收钱，他说："难得有机会拉一次倪大姐，就算是我为你服务一次吧，倪姐，你在电视上为我们服务那么多年……"十六块钱，我俩推来推去，谁也不放弃。

最后还是姥姥接过钱往师傅手里一放："你这个同志，这是你的工作，哪好不收钱？要是上你家吃顿饭，你要钱俺也不给。工作是工作，你还得交单位钱，还得买汽油，你大姐挣钱比你多，你挣个钱不容易……"

日后凡是遇上不收钱的司机师傅，我多半都是说姥姥这一套话。连我儿子都会了："妈妈，你怎么每回都和老奶奶说的一样？不会换个说法？"孩子，妈真的找不到比这更实在、更管用的话了。在姥姥面前，我的语言真是太贫乏了。

还是十几年前吧，词作家曹勇回泰安给他母亲过生日，回来跟我们感慨一番。

"我们兄弟几个这回都凑齐了，我妈高兴地做了一大桌子菜，我们都动筷了了，可我妈老往厨房跑，我寻思她干什么，就跟了进去。结果老太太在那儿背着身从挂着纱布帘的碗柜里拿出一大碗都冒了白泡的剩冬瓜汤，咕嘟咕嘟往肚子里倒。我回身就把客厅里那一桌子菜掀了，我说：'咱们哥几个现在都算是能人、名人了，都挣了些钱有了一官半职了，可咱妈还在喝

　　"有苦也不是坏事，苦多了甜就比出来了。你吃一块儿桃酥试试，又甜又香，你再吃一斤试试？你那嘴呀就想找块咸菜往嘴里塞。孩子，别怕苦，苦它兄弟就叫甜哪！"

春姑娘 郭傻作

"盼望、盼望，盼多了、望多了，你那个盼望就能实现了。"

着馊了的剩汤剩饭,咱谁知道? 咱谁留心过? 咱妈喝了一辈子了,现在还喝,我们他妈的还有脸坐在这儿喝酒!'"曹勇说他连说带骂地把兄弟几个全说哭了,他自己最后哭得不省人事。

回到家我跟姥姥学了这段。

"就是写歌曲《我们是黄河泰山》那人,很有才情的一个作家,我上中央台的第一台晚会他就是撰稿人。"

"他还写黄河泰山? 我看他写小沟小坎儿也不行。怎么就不知道他掀了这一桌子菜赶不上让他妈把这碗剩菜汤喝了? 当妈的心儿子一辈子也不知道,么是甜,么是酸? 孩子有出息,妈喝酸水也是甜的。孩子更不懂,妈的肚子是铁肚子,管吃么也坏不了,就是不能吃气,吃一口气赶不上喝一口苦汤……掀桌子,这叫么? 这叫不孝啊! 文化人净办些不文化的事。"

临了姥姥又补了一句 :"不过这也是个好儿子。"

好和坏在姥姥的眼里不那么分明。

有时我问她 :"你说我算好人还是坏人? "

姥姥说 :"你先说么样算好么样算坏? 坏人身上有好,好人身上有坏,没有坏透了的人,也没有好得一点毛病没有的人。"

姥姥绝不是混淆是非,她就是这么过的一生,这么手心手背地丈量着日子。大难担过,大福也享过,从从容容地过了九十九年。

姥姥的教育方式

姥姥说："少收个三四十斤，明年使使劲就省出来了，孩子饿着肚子可耽误长骨头了，过了长骨头的年龄，这辈子也长不出了。借的粮食孩子吃了骨头是软的。"

收麦子的日子是水门口的节日。

家里的主劳力都上山抢收麦子了，副劳力也没闲着，晒麦子的、做饭的，家家烟囱都冒着烟，从山顶看去，水门口像是着火了，气象万千。院子里、村口路边的大道上、生产队的场院里，堆的全是麦子，金色的水门口。

那几天我是村子里最闲的人，又是村子里吃得最好的人。烙饼不断，猪肉不断，都是沾姥爷和舅舅的光呀！

天不亮姥姥就起来烙油饼，东西两口锅全都冒着热气。中午饭舅舅他们都在麦田里吃，我是那个送饭的人，左手挎一个筐，里面是用毛巾盖着的发面豆腐卷子，右手托一个陶罐，里面盛着丁萝卜条炖肉。怕饭凉了，我既要走得快又不能洒出一点汤。

到了麦田里，我就坐在树下等着队长吹吃晌饭收工的哨子。哨子一响，麦地里呼呼啦啦就出现了很多头，舅舅总是第一个下河沟洗手的人，第一个吃上热饭的人。姥爷、舅舅吃完了饭，我再挎着空篮子，托着空罐子飞跑回家吃我的饭。

多金贵的饭姥姥都提前给我盛出一碗放锅里焐着，收麦子的日子，顿顿饭不重样。

姥姥说，人要想每天都吃好饭，就得勤快点儿。

"那为什么不天天收麦子？"

"好日子得分着过，光吃麦子肠子就吃细了。"

麦子收完了，没用的闲人就开始上山捡剩在田里的麦穗了，我自然是这个行列中的一员。可那时候麦子那么金贵，收麦子的人已经把地皮都翻一遍了，哪还有几棵剩麦穗啊？我常常是挎着个空篓子去，提溜个篓子空着回来。

姥姥依然鼓励我："明天还去捡，捡一个姥姥也不嫌少，捡多了，姥姥就用你捡的麦子给你做个大馒头吃。"

第二天我真的捡着了，一大篓子，是从生产队场院的麦子垛上"捡"回来的。我邻家的一个舅舅在场院看场，我挎个空篓子从那儿路过，人家说："小外甥，从那麦垛上抽一把吧，上哪儿捡去？地里连个麦子毛儿都没有了。"

我懵懵懂懂地知道这生产队的东西不能拿，可又懵懵懂懂地觉得拿了也没人知道，这一篓子麦穗能蒸好几个大馒头呀。

回到家姥姥把我捡的麦子晒上了，过了好几天，我问姥姥我捡的那麦子怎么还没蒸上馒头。

姥姥从碗柜里拿出一小团生面："这麦子也不知道咋了，怎么也发不起来，怎么也蒸不熟。你这是哪儿捡的？"

"我……"我到了也没说。

又过了几天，我依然没有吃上馒头，开开碗柜，那团白面发黑了，上面布满了一层灰蒙蒙的毛绒线。

"姥姥，这是我从生产队的麦垛上拿的……"我还挺委屈地哭着。

姥姥说："怪不得蒸不熟啊，小外甥，公家的东西拿回来那就叫偷，以后可不敢了，偷的东西蒸不熟。"

当天晚上姥姥就给我蒸了一锅大馒头，每个馒头上还用胭脂点了红点。我永生记住了那馒头上的红点，记住了公家的东西不能偷。

那么少粮寡食的年月，姥姥肯浪费那么大的一团面来教育一个五岁的孩子。

我们说："姥姥，你该去教育部工作。"

姥姥说："你当我不能去啊？去看个大门熬个饭配得上。"

姥姥的教育方式与众不同。

哥哥每年放暑假都来水门口看我和姥姥，姥姥骨子里还是重男轻女，哥哥来住一个月，姥姥几乎不重样地做给他吃。

有一回吃包子，哥哥把包子馅儿吃完了，包子皮都塞进院墙的石头缝里，一群蚂蚁向姥姥打了小报告。第二天，姥姥又包了同样的包子，只是吃饭的时候，哥哥的碗里光有包子馅儿，不见皮儿。

全家人开始吃饭了，已经上小学的哥哥似乎觉察出了什么，他愣了一下，推开那碗馅儿，伸手去拿包子。

姥姥又把那碗馅儿推给他："贼子（蚂蚁）说俺小外甥就爱吃馅儿不爱吃皮儿，哦，怪姥姥不知道俺小外甥还有这么个习惯。从今儿开始，再吃包子、饺子俺小外甥就单吃馅儿……"

"不是，姥姥，我吃不了啦，我把包子皮儿塞进墙缝里了……"

"哦，贼子没撒谎，俺小外甥也没撒谎！"

包子就是有这样的魅力，不连皮吃就不是那个味儿。哥哥现在是个挺大的干部了，走到哪儿只要吃包子，绝对会把皮都吃了。我相信哥哥终生也不再这样浪费粮食了。

前几天哥哥来北京开会，我俩还坐在餐桌上说起这事，不太爱动感情的哥哥满怀深情地说："真想姥姥了。"

哥哥和我都记得姥姥常说："粮食养活你的命，你不爱惜粮食就是不爱惜你的命。"

粮是姥姥的命。

早年间，孩子多的姥姥家秋粮没下来之前常常就青黄不接了。人家都是去借点粮，渡过难关，姥姥从来不借。

姥姥说："肚子都空着，你借人家的把自己的肚子填满了，人家的肚子就空了。自己动手，丰衣足食，毛主席净说些有用的话。"

姥姥的"动手"很惊人，秋玉米还没长熟、长透的时候，姥姥就掰下来煮着吃。最会算账的姥姥在别人看来这真是不会过呀。

姥姥说："少收个三四十斤，明年使使劲就省出来了，孩子饿着肚子可耽误长骨头了，过了长骨头的年龄，这辈子也长不出了。借的粮食孩子吃了骨头是软的。"

一家人吃着青玉米，啃着还没长大的酸苹果，等待着秋收。

如今姥姥总说："共产党真有个本事，粮食不够吃了就号召大家减肥，现在是个人就减肥，一年得减出多少粮食啊！"

姥姥一辈子吃半饱，早年是省着粮食，现在是省着寿命。

人生就要上山顶

姥姥说："谁不普通？人一生下来就是个普通人，一个鼻两个眼，你见谁一天吃八顿饭？都是三顿饭。没有能力便罢，有能力为么不上山顶去看看？一辈子在山沟里转有么意思？哪有下辈子？山顶上看的东西和山底下看的就是不一样，半山腰都比山沟强。你问问那些能人，山顶上都有么？咱一辈子也想不到。人都是一辈子，可山顶上的人活的就是山底下的人的好几辈子。你没算算账？"

我常在家跟表妹们说："'平平淡淡才是真'挺对的，别期望大富大贵，我们普通人没有承受大灾难的能力，平平安安的日子就是好日子。"

姥姥最反对这句话了，"别上你姐的当，她没说实话。谁不普通？人一生下来就是个普通人，一个鼻两个眼，你见谁一天吃八顿饭？都是三顿饭。没有能力便罢，有能力为么不上山顶去看看？一辈子在山沟里转有么意思？哪有下辈子？山顶上看的东西和山底下看的就是不一样，半山腰都比山沟强。你问问那些能人，山顶上都有么？咱一辈子也想不到。人都是一辈子，可山顶上的人活的就是山底下的人的好几辈子。你没算算账"？姥姥说的山顶就是与众不同的活法。

"那山顶上的固然好，可山底下平淡美好的日子他没过不
也遗憾吗？"

"哪个人生下来就直接在山顶上？不都是从普通到不普通，
除了皇上。剩下的不都是从山底下开始往上走的？能人这一辈
子山底、山顶都过了，咱这没能耐的人，一辈子都在山底过，
真是白活了。"

"山顶那么小的地方，都上山顶呆着，哪儿挤得下呀？"

"山还不有的是，有大山，有小山，上不去大山，你上小山，
远山你去不了，家门口那个山你也能上啊！"

"姥姥的心这么高？"

"不是高，平淡是真，普通是好，这都是懒人说的话。你
去问问山顶上的人，他要是和你说实话，他保准说他这一辈子
不后悔，下一辈子他还上山顶。"

姥姥说："从前我觉着管哪都赶不上俺水门口好，上威海
又觉得管哪都赶不上威海好，上了青岛又觉得管哪都赶不上青
岛好，上了北京就上了山顶了，再回水门口就下山了。"

姥姥觉得，人的一生一定要使出自己所有的劲儿去登上你
自己的山顶，姥姥说她抱大的孩子都上山了，连最后七十多岁
才抱上的最小的外甥玲玲都是解放军外语学院的大学生，姥
姥自豪啊！玲玲是在她怀里长大的，聪明、智慧、美丽是姥姥

给予的。姥姥的怀抱与众不同呀！

"姥姥，那你觉得我算是在山顶上的人吗？"

"你不光是在山顶，你那个山还是个大山，你这一辈子不白活，山上什么都见了，什么都有了，得知足。孩子，山上风大，爬上去不容易，你使劲了，你这一辈子都不用后悔了。"

姥姥的话只说对了一半儿。

高处不胜寒！

一位颇受尊敬的老师说："从前都是一群狼追着一个人跑，现在是一只狼后面跟了一群人。狼都哪儿去了？狼都上人间了，狼性都上人身上了，要不有的人怎么会有狼的行为呢？下毒的、砍孩子的恶性事件屡屡发生，这都是狼的行为，这都不正常。"

姥姥说："狼性也能变，人养的狼慢慢就变成狼孩儿变成人了。人是互相感化的，你对他好，你对他笑，他不能打你脸。遇到说不通的人，你先笑笑，等笑完了再说，今儿说不了，明儿再说。"

可纵容狼性，小狼不会变成大狼吗？

姥姥无法回答这个问题，她的局限性阻止了她对大社会的深刻认识。永远以善对付恶，这不是唯一的办法。她应该庆幸她一生没有遇见狼，即使被狗咬过，也最多去打个破伤风针。她的观点是："遇到了咬人的狗你可以躲开。"

可人生全是"躲"也不是什么高招，你退一步他就进一步，你无原则的躲是不是纵容了狼性的滋长呢？人间真的没有是是非非吗？黑白颠倒你也视而不见吗？仅仅依靠法律、法制就能治理好一个国家吗？道德和良知不需要建立在人的基本生活中吗？

姥姥其实一辈子也受了不少委屈，也吃了相当多的亏，她是以她的人生尺码把自己卡在了自我的身躯中，自我分解，自我承受。这算是好人的生活方式，我们愿意交往这样的人，我们愿意生活在这样的人身边。可人生哪都有这么好的运气啊？

我无论如何改变不了姥姥的人生哲学，她断言："心眼不好的人一辈子不知道什么是甜什么是香，一辈子不知道什么是满什么是足，就像吃了一把盐老得喝水，肚子里胀的全是气，气多了人能好受吗？你看老想害别人的那个人，脸都倒挂着，他不快乐啊。害别人最后都害了自己，帮别人最后都帮了自己，不信你去试试。坏人都是傻子，一辈子活得不快乐！"

也许姥姥说得对，也许姥姥说得不对。

　　"人的肚子不怕饿，没有稠的就喝点稀的，没有稀的喝水也死不了。眼睛可不能饿着，眼要是见不着好东西，慢慢地心就瞎了，心瞎了，人就没用了。眼要是吃不饱，人就像个傻子。"

　　"平淡是真，普通是好，这都是懒人说的话。你去问问山顶上的人，他要是和你说实话，他保准说他这一辈子不后悔，下一辈子他还上山顶。"

眼要是吃不饱，人就像个傻子

姥姥说："人的肚子不怕饿，没有稠的就喝点稀的，没有稀的喝水也死不了。眼睛可不能饿着，眼要是见不着好东西，慢慢地心就瞎了，心瞎了，人就没用了。眼要是吃不饱，人就像个傻子。"

想放下对姥姥的思念，画画吧。涂抹着颜色，遮盖着思绪。胡涂乱抹了一堆纸，这才发现画的都是鲜花，所有的色彩都用上了。还是想姥姥想得太具体了，姥姥爱花呀！

姥姥一生爱花，即使最穷的日子，姥姥院子门口都有两堆怒放的月季。那时我才五六岁，怎么也不明白，冬天人都穿得那么不暖和，被剪了枝的月季却穿得五颜六色——碎布条、旧绳子、玉米叶，远看犹如莫奈的油画。

姥姥说："人的肚子不怕饿，没有稠的就喝点稀的，没有稀的喝水也死不了。眼睛可不能饿着，眼要是见不着好东西，慢慢地心就瞎了，心瞎了，人就没用了。眼要是吃不饱，人就像个傻子。"

多少年后，我才弄懂了姥姥为什么用最质朴的情感、最省钱的方式养育着眼睛，养育着美，养育着心灵，她是怕心瞎了。心是啥？姥姥说的心就是人的精神，灵魂呀！

童年打下的烙印怎么那么难以抹去？即使学习工作最忙又挣钱最少的学生时代，我也会在宿舍的窗台上养着月季和栀子花。为姥姥，也为自己。多大的花园，多美的苗圃，我只要进去，一定是寻找这两种花。在我的眼里，这个世界上最金贵的就属它们了，因为那是姥姥的花。

等我自己有了家、有了钱，只要姥姥在，家里的鲜花就没断过。这簇花蔫了，下簇就又买回来了。多贵的花，多稀有的花我都买过。有年春节，我给姥姥买了十几支牡丹花插在花瓶里。姥姥日日守着这些"连过去的皇上都不舍得从园子里摘一朵的花"，反复就是这一句话："人心都变了，怎么舍得下剪子呀？"

我心里的愿望是别让姥姥的眼睛饿着，挣了钱都给姥姥花我也愿意。

现在我家后阳台上还养着一盆嫩绿的栀子花，它离我的书桌最近。不开花的日子它安静地呆着，不闹也不吵；开花的时节它那个横冲直撞啊，早起你不醒它也能把你熏醒，那个香啊，那个漂亮啊！你不能不说：我喜欢你。

家里前阳台上摆了四个直径有半米的大盆月季，吃饭的屋子最朝阳、最宽敞的地方也都放着月季，月月凋零，月月怒放。一年中的大半年，阳台都是鲜花盛开。

因为姥姥喜欢。

一生没穿过花衣服的姥姥最出众的打扮就是栀子花开的时候，掐上一朵半开不开、黄中带白的花蕾别在耳根后面。开败的花瓣用手绢包上装在我们的口袋里，一家穷人过着香喷喷的日子。

姥姥养的花都是些如今很多人叫不上名字的小野花，蚂蚱菜花啊、鸡冠子花啊、打碗花啊、夹竹桃啊，从春到夏，姥姥家的小院子始终被鲜花包围着。

姥姥家那两棵大苹果树开花的时候是姥姥最快乐的日子。满树的绿叶子，满叶子的小白花，姥姥常常一个人坐在石台儿上喂眼睛。从背后看去，你会被这景象感动的。

长大以后我也问她："你这么爱花，咋不穿花衣裳？"

姥姥说："你没听人家说'丑人别作怪'吗？'人是衣裳马是鞍'不是说你得穿得多好、多贵。马要想跑得快、能驮东西，得配个合适的鞍子；穿也是这样，穿得合适才不怪，不怪人就好看。"

可能是受姥姥的影响，我也很少穿花，丑人不敢多作怪。可我真的不明白姥姥为什么那么爱花。

姥姥爱花都爱到鞋垫上了。

姥姥当然是裹的小脚，那巴掌大的小鞋子里永远铺着一双绣花鞋垫。姥姥有个木头绷子，绷子上面撑一块儿布，做家务闲下来哪怕一袋烟的工夫，她也纳上两针。我们一大家子人的鞋里都躺着姥姥纳的花鞋垫。即使是男人的鞋垫，姥姥也缝上两片绿叶子。

我说姥姥："脚下谁能看着啊，费那劲干嘛？"

姥姥说："心里知道，脚就知道。"

冬天什么花都没有了，姥姥还会把蜡放在炉子上融化成一汪蜡水，再趁热用鸡蛋蘸成花瓣，在干枯的枝子上做几朵梅花。白蜡做成白梅花，红蜡做成红梅花，花心放上几粒小米，那个逼真，那个好看呀！

我笑话姥姥："你要是当年生在荣国府的大花园还得了哇？绫罗绸缎全都是花团锦簇。可惜命不好。"

姥姥笑了："命就是这样。越没有越想，越有越不要。人一辈子就走两条道儿，左腿说往东边走，右腿说往西边走。'人'字不就那么写？都并一块儿那就不叫人了。"

老太太很辩证啊。人一辈子可不就是跟自己纠结吗？

姥姥爱花，纠结的是什么？是年轻时的贫穷？是苦日子的清冷？还是没有色彩的世界？

真的感谢姥姥一生养育着我的心灵，不让我的眼睛饿着，让我始终能看到美。

豆子地里开满小黄花的时候，姥姥把我抱进地中央，姥姥说真像是穿上了一个大花裙子；夹竹桃开了一院子的时候，我

　　"老天是公平的，给你多少一定得拿走多少。你看挑担子的人，两头得一
样沉才能走得远。一头沉一头轻你试试？走不了几步你就得停下。"

"一人一个脑子，不好把自己的脑子往人家脑子上套。"

和姥姥拿着小凳子坐在花丛中,姥姥说我俩在天上;七月七牛郎会织女的夜晚,姥姥用木头模板卡花为我做几串面项链挂在脖子上,姥姥说我像画上的人儿。

我就是在姥姥不花钱的夸奖中肆无忌惮地飞快长大,少年的我,一直以为自己是人堆里最好看的那一个。

可不吗? 还没什么人穿裙子的年代,我就穿过一条红背带裙子。裙子是姥姥用四个口罩、一瓶红药水做的,穿几天姥姥就用地瓜粉浆一浆,挺啊。捡哥哥穿剩的蓝外套,姥姥也把小花手绢缝在哥哥插钢笔的上兜盖上。

姥姥说:"闺女得有个闺女的样儿,小子得有个小子的样儿。"

我不让姥姥把上兜盖缝上,我也要像哥哥一样把钢笔插在兜外面。

姥姥说:"闺女的钢笔放在人看不见的兜里,小子的钢笔才露在外面。"

哈,姥姥骨子里也还是"男人中举女人持家"的老观念啊!

九十九年中每一天,姥姥的眼睛永远比肚子重要,即使在最黑暗的日子里,姥姥的眼睛里也能看到光亮,姥姥崇尚着人间一切美好的人和事。

如今姥姥走了,鲜花看不到了,我用心给姥姥画上这些养眼的花。

　　花没有章法地怒放着，我的心却暗暗地伤感着。夜里睡不着起来画一张，早上送儿子上学回来称称画，常常是分量轻得找不着合适的秤砣。才想起姥姥说的话："不用凡事都过秤，心到了，秤就准了，秤最公平。"

　　于是我也就斗胆地把画放进书里，读者不用称了。

"现在的孩子一人身上都穿了十件棉袄，那不把孩子烧坏了？一件棉袄他还知道啥叫暖和，穿多了就是害孩子。这不怪孩子，都怪大人。"

　　"没有人的时候，把脑子拿出来在太阳底下晒晒，浑身轻快好多。人的两条腿不能走得太快，太快了魂儿跟不上。没有魂儿的人就常做错事、傻事。"

刷不爆的银行卡

　　姥姥说："你这么做就是给小妮一个银行卡呀! 这阵儿取不出钱来，等她存满了就能随便花，这一辈子都花不光。"

　　二○○○年底我在人民大会堂主持了全国妇联为西部缺水母亲募捐"母亲水窖"的公益晚会，当晚共筹款一亿两千万。这里有捐上千万的企业，也有捐十块钱的普通人。一位观众因为不知道现场捐款而没带钱，说要把身上穿的那件呢子大衣捐出来，问我要不要。我说要，我很感动。

　　那天晚上我们工作人员每人捐个信封，里边装多少自愿。我装进了三千，太少了，可那时除去买房买车我还真没多少钱。我心里跟自己说，等我有钱了，一定先为西部母亲修上水窖。我在宁夏的西海固拍过电影《美丽的大脚》，我见过缺雨少水的西部母亲日子过得有多艰难。

　　二○○五年我开始挣钱了，收到第一个广告的钱我就拿出一百万给妇联送去了。那时候正开政协会，我跟妇联的莫文秀书记同住一个酒店。我跟她说，这事谁都不能说，说出去我就不捐了，莫书记不明白但也尊重我的意见。她说这事得让顾秀莲大姐知道，毕竟是一笔大钱啊，咱们"母亲水窖"工程得记上一笔呀。我说不用，一百万才修上一千口水窖，西部需要的远远不止这些。莫书记说，那你该让更多的人知道，你们这些有影响力的人可以带动更多的人捐啊！

不想让人知道，往大了说是做好事不用告诉别人，往小里说我也有难处。家里的亲戚谁都需要钱，还有那些素不相识的从换肾到上不起学，每天从全国各地往台里写信找我求助的人。小钱我给过，大钱呢，我怎么办？

给"母亲水窖"捐钱这件事就这么保密下来了。

这件事当时除了顾大姐和莫书记，其实还有一个人知道，那就是姥姥。

捐钱的头一天我躺在姥姥的床上，"和你说个大事吧姥姥，你坐稳了，可别把你吓着"。

说真话，这事还是把姥姥吓着了，一百万，姥姥一辈子也没见过这么多钱，她半天没说话。

平时我们老和姥姥开玩笑，她不知这回这事是真是假，是不是又和她逗。

我说："真的，姥姥。"

许久许久，姥姥才说："这么大的事怕是在你心里来回称了不知多少遍了，称来称去，你自己早知道哪头沉、哪头轻了。姥和你的秤一样，你愿意姥就愿意。"

姥姥的态度和我预想的差不多，但不知为什么我喉咙还是

被堵上了，想叫一声姥姥，却发不出声。泪水里既有欣慰，也
有委屈。捐钱怕让人知道，这么大的事儿没人商量，告诉姥姥
是让她和我分担还是分享? 活着真够累的。

我嘱咐姥姥对家里任何人都不能说，姥姥说："放一百个
心吧，姥知道你的难处。"姥姥品尝了我对她的信任，我也品
尝了姥姥从始至终的善良。

"孩子，你一辈子都是拿小钱当大钱花，拿大钱当小钱花。"

"那你这是表扬我还是批评我? "

"一百个人里头只有一个你这样的人。"

第二天一早，我看姥姥盘腿坐在床上，用透明胶给儿子粘
贴坏了的玩具。

"别再买这些没用的东西了，你妈没钱了。"

五六岁的儿子懂个啥? 依然摔着玩具，满屋奔跑着。

姥姥把儿子穿小的长裤裤腿剪了，"夏天不用买短裤了，就
穿这个，你妈没钱了"。

哈哈，姥姥还是姥姥。

你刚开了空调她就关上，不热不热，姥姥一脸的汗。这是
我最不愿意看到的结果。

我趴在姥姥的耳朵上说："姥，你不是知道吗? 咱存折上
还有好多钱。"姥姥白了我一眼。

以后的日子，姥姥盯着家里每一个花我钱的人，首当其冲

的就是倪妮。

倪妮是我哥的女儿，初一就从青岛来北京上学住我这儿，一直到大学毕业，去年去美国读研究生才离开我。

说实话，她在我这儿的十年里，除了给她交学费，我从来没给过她一分零花钱。家里有车也从不去学校接她，她的学习用具、生活用品从来都是去小商品市场买。我咬着牙坚守着我的原则。

倪妮考大学那年三个学校都录取她了，她最终选择了中央戏剧学院导演系。

最初报志愿的时候她想考表演系做演员，我把她拦住了。我说咱长得不难看，但不出众。做明星你没有巩俐、张曼玉那样的脸你很难出来。就像跨栏的刘翔、打篮球的姚明，他们自身是有条件的，也有天赋。你就是后半夜不睡地训练，你也跑不出十二秒八八。

倪妮到底还是孩子："那你也长得不出众，怎么还当了那么多年主持人？"

"哈，我还不客气地说，二十年前我还就是挺出众的。那时的审美标准和现在不一样。端庄、质朴的工农兵形象就是我这样。现在估计我连县城电视台都考不上，人们的口味儿变了。当然我的运气也不错。"

和倪妮一起等待录取消息的时候，我是真上火了，满嘴的泡，满脸的疙瘩。我这个名人姑姑不仅没让倪妮沾什么光，反倒添乱了。

听说在中戏讨论大名单的时候，有的老师提出了质疑："倪萍的侄女，先把她挂起来（就是先把她摆外面，全面衡量之后，再拿她和已录取的同学比）"。

我听了这事真的生气了，凭什么呀？我们既没托关系也没走后门。你问问徐翔院长，我和他政协在一个组，我都没跟他打招呼，我坚信我们倪妮凭自己的本事能考上。

那几天我在家里坐卧不安。在我看来，上一个什么样的大学，考一个什么专业是倪妮人生开始的第一步，这一步一定要走对。我决定去找校长，至少讨个公平。

姥姥拦住了我："孩子你记住，老天是公平的，给你多少一定得拿走多少。你看挑担子的人，两头得一样沉才能走得远。一头沉一头轻你试试？走不了几步你就得停下。小妮是你侄女，不想沾你的光都不行，跟着受点屈还不应该吗？"

姥姥说得对，这个世界上谁也别羡慕谁，得到的都是因为付出了，付出了一定也会得到。

最终我们倪妮以专业和文化双高分的成绩被中戏录取了。

考上一个好的大学，我奖励她去香港玩几天，并送她一块卡地亚手表。我认真地给她写了一封信，盼望她将来做个大女人。有本事做个伟大的女人，做不成也要要求自己做个大气的女人，为社会、为他人做个有价值的人。

这封信我还念给姥姥听，姥姥说："你真能弄个怪事，都住一个房子还写信，会写字的人真是毛病多。"

我说我把要说的话落在纸上，是盼望她能重视这封信的内容，日后能保留下来。

姥姥说："这封信从小妮来北京住你这儿你就开始写了，整天写。她能记的早记住了，不用写纸上了。"

啊，身教重于言教啊，姥姥说的不就是这个理儿吗？

上学期间，倪妮带头献血，宿舍里她自己选的床紧贴着天花板。

妈妈回来说，心疼孙女舍不得，脸离天花板那么近，人睡觉是会做噩梦的。

姥姥却不这么看："好哇，等毕了业想专门找个房子顶儿睡还找不着了。睡了房顶，以后再上哪儿去睡都高兴了，都知足了，都比房顶好。"

为这，姥姥还悄悄地给了倪妮一千块钱。是奖励倪妮还是心疼倪妮？不知道。

四年后毕业，倪妮又以第一名的成绩被学校嘉奖。去年考取了美国旧金山大学，学电影，读硕士。

我又咬着牙告诉她，我只负责你在美国第一学期的生活费和学费，以后的日子你有本事就继续上，没本事你就回来。你要指望你爸爸妈妈给你一年几十万的学费，那他们这个干部就肯定是腐败干部，最后被抓起来。我有钱但现在不会给你，你必须自己奋斗！

去年我去美国看她，还是咬牙没给她钱。同去的朋友李波给了她五千美金，需要钱的倪妮啊，激动得哭了。

在洛杉矶我俩分手的时候，看着瘦弱的倪妮背着大包从国际机场远去，我还是掉泪了。跟亲人咬牙不是件容易的事，倪妮如同我的女儿，我怎么那么狠心呀！

"你这么做就是给小妮一个银行卡呀！这阵儿取不出钱来，等她存满了就能随便花，这一辈子都花不光。"想起姥姥曾经说过的话，我心里才有了些宽慰。

姥姥啊姥姥，怎么和我最初对倪妮的设计是一模一样的？我就想让她成为一个可以自己独行的杰出女人。真的是想送她一张储存善良、坚守、美好、宽容、勤奋，所有美德的一张卡呀！有了这些，想要的钱也就随之而来了，有这张卡她未来去任何地方、做任何事情刷起卡来不就爽了吗？

知我者姥姥啊！这一点我是深有体会，姥姥也是用她的一生给我储存了一张金卡，一张永远刷不爆的人生卡。

　　倪妮在北京上学那会儿，姥姥有时也劝我："一人一个脑子，不好把自己的脑子往人家脑子上套。你不给倪妮钱是好意，你哥你嫂不一定高兴。少给点零花钱合情合理，面儿上也好看，别为点钱伤了你们兄妹之间的感情。"我还是不给。我和哥哥、嫂子的心是相通的，他们把孩子交给我就知道我会怎么对待倪妮。倒是没什么钱的姥姥时不时地给倪妮塞上个二百三百的，每次还都说"这是你姑给的"。那么聪明的倪妮哪信啊！

　　姥姥啊姥姥，你这一辈子替我操碎了心，什么都想替我分担。你不是说"能挑多少斤的担子自己的肩有数"吗？莫非只有你知道你的外甥是个最没数的人，打肿脸充胖子，很多时候是愣撑着？

　　我曾和家里的亲人们说过，我的钱不会给你们把三间的房子换成四间，把三十万的车换成四十万的，数字是没有封顶的，好日子是没有头儿的。但谁要是得病了需要大钱，我所有的钱都可以拿出来。钱要花在有用的地方钱才值钱，这是我和姥姥的金钱观。

　　我和姥姥都算是爱财的人，能挣的钱我们都想挣。我和姥姥的观点是：当官的人一定努力当最大的官，为最多的人服务，使最多的人受益；做生意的人要挣到最多的钱，为社会创造最大的财富；名利场上的人要出最大的名儿，体现最大的价值。千万不要说当官的不想当大官，挣钱的不想挣大钱，出名的不想出大名,这都不真实。只要心地正,当大官、挣大钱、出大名都是有价值的，否则你就离开你的现在。

　　一直有人问我为什么捐钱，很简单，挣得多。

　　能挣钱是本事，捐钱是应该的，不用表扬。

一个孩子穿十件棉袄，那不烧坏了

姥姥说："现在的孩子一人身上都穿了十件棉袄，那不把孩子烧坏了？一件棉袄他还知道啥叫暖和，穿多了就是害孩子。这不怪孩子，都怪大人。"

儿子出生时，姥姥虚岁就九十了。

在我的秤上这两个人一样沉，一样重要。

儿子经常问我："你怎么那么偏向老奶奶，是不是因为老奶奶快死了？"

话不好听，但儿子说得太准了。天将要黑的姥姥还有多少白天的日子，你是能数出来的，我们千方百计地呵护着姥姥。

儿子能满地跑的时候，我们决不让他上老奶奶屋里跑，三岁的孩子撞倒九十岁的小脚老太太很轻松啊。姥姥也聪明，只要儿子向她跑去，她就拿起拐杖保卫自己。

儿子四岁会玩遥控飞机的时候，他已经找到最好的观赏对象了——老奶奶，老奶奶的笑啊，老奶奶的夸奖呀，简直把儿子乐疯了。儿子把飞机遥控到天花板上，姥姥就用拐杖往下打，结局是儿子的飞机被老奶奶打中,掉下来摔坏了。儿子大哭，要老奶奶赔，我当然要出来裁决，结果是老奶奶一方获胜。至今儿子还问为什么老奶奶在咱家总是第一，"她当过官吗？我都当过升旗手"！

姥姥在水门口可真是"官"，邻里本家的谁有个事，需要评个理儿的都来找姥姥，年幼的我不知道自己当年在水门口那么受待见是因为姥姥的好人缘。水门口在我的心里真的是这个世界上最温暖的一片土地了，那份乡情、那份给予我一直在享用。现在想想也就是一碗饺子、一个红皮鸡蛋、一块发糕……怎么这些点点滴滴让我终生不忘呢？

那年暑假，儿子学校组织去香港迪士尼五日游，带一个家长，二人八千八。我说不去，孩子说同学们都报名。我说迪士尼你在美国都玩过了，再去也还是那些。惊险了再惊险，刺激了再刺激，有什么意义呢？我让你去一个更好玩的地方——水门口。一个有山、有水、有大海的地方，你要不喜欢，三天你就可以回来。

十岁的儿子带了三套换洗的衣服，包里装了三百块人民币出发了，和他同去的小表哥梓宸也才大他一岁半。三天？三十天又加了十天，要不是开学了，拽都拽不回来。

孩子的天性是属于大自然的。

舅舅说两个孩子几天就变成泥猴了，城里的毛病啥都没有了。想吃冰西瓜，自己摇井水放桶里拔。和太阳一块儿起床。

我问儿子为什么不睡懒觉，儿子说没有窗帘，太阳就叫醒你了。天一黑就睡觉，不关灯蚊子就咬你，灯下你随便一巴掌就能拍死六个蚊子。要一大早上山才能在露水中逮着蚂蚱，中午在山上被太阳晒瘪了肚子才回到家，一进门便是三大碗舅姥姥做的绿豆手擀面。面条不放油，用莴苣叶子下上。吃了饭又去赶海了，赶在涨潮之前他们要弄上几只小螃蟹，这是他们晚上的主菜。舅姥姥把螃蟹裹上一点鸡蛋面往油锅里一炸，什么肠子肚子就全吃进去了。捞上的海带拖着几米长往家走，走累了也不舍得扔，这是自己的劳动成果呀。回到家，夜里去自留地摸着黑掰俩新玉米棒子，在小院里支起"炉灶"烤着吃，然后一对黑嘴小兄弟就倒在床上呼呼大睡了。下过雨的夜晚，他们就带上手电筒钻到果园里逮知了，一个钟头，一袋子"知了猴"就装满了。这是他们第二天的"大餐"，儿子说这是他吃过的最香的肉。

这样的日子让孩子魂都玩散了，他们和大自然是那么融洽。这本来就属于他们的生活谁给剥夺了？当然是我们这些做父母的。不知道怎么爱孩子啦，给多少都嫌少，其实不知道孩子要什么。

四十天的乡下生活，孩子学会了感恩，学会了坚持，学会了勇敢，也学会了珍惜。这些良好的品德我们家长不天天都在跟孩子说吗？他们哪里听得进去？没有说服力呀，空话呀。孩子在大自然里体会了这些，自然就会去做。他知道在河里拦上网想网到鱼就要有耐心，他知道一桶水浇在花生地里，这片今天晒蔫的叶子明天就挺直了。

儿子说临离开水门口的时候，舅姥姥一直把他们送到村口，车都开很远了，舅姥姥还站在那儿，舅姥姥哭了。我说："你哭了吗？"儿子说："也想哭，但哭不出来。"多么真实又多么可信。

秋天，舅爷爷把他们浇过水的那片花生地结的花生连壳带土地寄了一大包来，儿子欢喜地分给他认识的每一个人，"这是我救的花生，吃吧"。我很感慨。

他们从前什么时候知道珍惜呀？这份丰收的喜悦，这份劳动的果实多么宝贵呀！更宝贵的是这些人性中最基本的东西会在孩子的生命中滋长，是一辈子的财富。

今年暑假又来了，儿子主动要求再去水门口，再去看望老奶奶。我知道，大自然已经在孩子的心里发芽了。

姥姥说："现在的孩子一人身上都穿了十件棉袄，那不把孩子烧坏了？一件棉袄他还知道啥叫暖和，穿多了就是害孩子。这不怪孩子，都怪大人。"

我感谢母亲把我的童年交给了大自然，交给了姥姥。其实我在水门口也只呆了五六年，可所有的记忆、所有的美好都是在那儿留下的。我在青岛生活了十几年，能够想起的事却不多。这到底是怎么回事？真是弄不明白。

我由衷地盼着我孩子他们去亲近自然，亲近乡土，知道什么是真正意义上的丰收，真正意义上的快乐！

附：水门口比北京好

水门口是老奶奶的故乡。她从那儿走出来，现在又回到那儿睡觉去了。

水门口也是妈妈小时候住过的地方。

妈妈第一次让我去水门口的时候，我是很不愿意去的，妈妈说那儿比迪士尼还好玩，谁信啊？！

妈妈还真没骗我，水门口有蚂蚱，北京有吗？水门口可以下河网鱼，北京上哪儿去网？水门口有花生地、豆子苗、大玉米，这些都可以自己亲手去摘，北京呢？只能用钱去买。喝着凉凉的井水，吃着五毛钱的冰泡，睡着热死人的大炕，那叫一个美啊！是不是神仙们就过着这样的日子？

水门口离海很近，小螃蟹、海蛎子都成了我的战利品。我在那儿吃了一暑假，真担心回北京以后会长出蟹角来。

最让妈妈欣慰的是，我去看了老奶奶。大石块儿下面的土堆里躺着老奶奶。妈妈总说老奶奶很神，我不信。早上我抓了一只蚂蚱，我对老奶奶说："您要是真神，请在十分钟之内下场雨吧，然后我就会把蚂蚱放了。哪怕是一场毛毛雨也好啊!"老奶奶可真神,不到五分钟就下起了毛毛雨。我们刚到家,一关门儿,雨就下大了。老奶奶是不是怕大雨把我们给淋着才先下毛毛雨,后下大雨的?如果真是的话,老奶奶,谢谢您啊!

老奶奶,雨要是下大了,您躺在那儿,大石板儿能给您挡雨吗?您走时肯定没带雨伞吧?明年暑假我再来水门口的时候一定给您带把雨伞。

今年又放暑假了,星期一我就要和梓宸去水门口了。我对妈妈说:"给老奶奶买把新雨伞吧,我答应过她的。"妈妈说:"真雨伞老奶奶是用不上了,你把你心里的那把伞给老奶奶带去,多大的风雨老奶奶都不怕了。"

王 倪

2010 年 07 月 09 日

结束语　天籁之声

写作这个职业真好，尤其对于女人。

做完家务，倒上一杯茶，打开各种小吃的盒子，铺开稿纸，准备开始写了。厨房的炉子上小火炖上一锅好汤，写累了上阳台浇浇花儿，在沙发上坐着翻翻书，再累了就出去走走，小超市里逛逛，买些可买可不买的东西，回来继续写。从从容容，不急也不躁，多好的日子！

这个夏天我过得很爽。儿子在南屋写他的暑假作业，我在北屋写《姥姥语录》，赶上他写作文，我俩就比赛，我给他的作文打分、写评语，他看我的稿子说直觉。我们今天真不能小看孩子了，一方面他们年龄小，会说出一些幼稚的话；另一方面社会给予他们的影响无处不在，他们和大人同步接受着现实，你常常觉得你是在和朋友对话。

"你写老奶奶是因为想她吗？"

"不仅仅是……"

"是为了挣钱？"

"也不仅仅是……"

"死了的人都有人想吗？"

"也不见得……"

又想起几年前儿子算过的一笔账。

"爸爸死了八年之后你就死了吧？"

"这……"

"爸爸比你大八岁！"

"哈，数学课代表不错呀！可生命的账不是这么算……儿子！"

我俩快乐地过了十二天的"假期"，儿子要启程去水门口了，我继续写着《姥姥语录》。他十二篇作文的最后一篇写的是《水门口比北京好》，我看了还挺感动的，我给他打了九十分。

送走儿子，写完了《姥姥语录》，我不知道该干什么了。还有十天将要开拍的新电影怎么也进入不了我的生活，满脑子都是姥姥，满心都是水门口。儿子一天几个电话地打着，上哪个山了，下哪条河了，中午吃的什么，晚上和谁打扑克了，全是废话。废着废着话，我熟悉的乡音出现在儿子的嘴里了，孩子入乡随俗真快呀，才三五天吧，他就一口的荣成"天气预报"了。

"俺这儿下大雨了，俺去石岛看娶媳妇的啦，俺还替你喝了一口喜酒呢！"

欢喜得我呀！这个夏天太热了，却热得我这么爽，心里想排解的都流淌出来了，轻松了。

出版社就要来取稿子了，我又看了一遍，反复问自己：《姥姥语录》也真如姥姥生前所说的，净是"闲着没事说的那些没用的话"，说给读者听到底有多大意义？年轻人不爱听这些唠叨，老年人谁都比你明白这些"理儿"，再写出来，还要人家拿钱来换，值吗？就像母亲爱孩子，把她家孩子的十二张照片制作成台历送给你，你会摆在家里吗？

别期望有《日子》那样的发行量，因为它不是宋丹丹说的《月子》，没有写我的私生活。咳，你就是写了你的私生活也不是什么新鲜事了，网络时代，你的私事早就被一网打尽了，真的假的N多次在网上"无私"地生活一通了，你还期望什么？别自恋了！

出吧，图书市场那么大，既不多你这一本，也不少你这一本。如同自助餐，各取所需吧。

思想放下了，行为就无拘无束了。没有文采，没有章法，更没有布局，有的仅是真情，每一篇、每一个字都不是写出来的，是说出来的。手中的笔跟不上脑子，写的什么不知道，只是回忆，只是回眸，常常是进去了回不来。无限眷恋和姥姥在一起的穷日子，欢乐在我的血液里流淌着，我尽情地和姥姥说着荣成话。

想念姥姥的日子也挺幸福的，就像姥姥说的，幸福很小，别嫌弃，一个又一个加起来就成了大幸福。想着姥姥的一句话，做一顿姥姥拿手的山菜包子，晒晒被子，闻闻胰子（肥皂）的香味，买筐带皮的核桃砸一砸，用铁锅粗盐炒炒花生香香嘴，用碎布给儿子缝个沙包，贴个窗花挂个纸灯，日子就是这么一点绿一点红地涂抹着，使劲地把浮躁的心往地面上拽。

写作的日子很快乐，画画也很得意。楼下写一篇，楼上画一张，没学过画，拿起笔就抹，什么颜色都敢用。哪有绝对的一定之规呀？无论做什么，自由对于一个人都是最人性的基础，自由让你真实地表达你的人生观，自由开发了你身上从未发现过的天赋。自己的天赋是什么，你不开发也许永远不知道。

冷静下来才发现，"姥姥语录"用文字写出来，许多字是字典里找不到的，普通话和荣成话对不上位，尤其是姥姥那特有的声儿、特有的味儿，这是无法更改的遗憾。许多语录不用原词原字看上去很别扭，呜呼，只能这样了。他们说你该上电视上把《姥姥语录》讲出来，我说千万别，现如今我怎么那么怕上电视啊！

想在姥姥鸡毛蒜皮的语录中找点大事件很难，姥姥的一生注定了她就是一个普通的家庭妇女，一个围着锅台转了一辈子的小脚老太太。大事出自哪里？没有哇。放大了不是姥姥，缩小了也不是姥姥。就这样吧，一个真实的姥姥，一个家家都有的老太太。

阳台上的月季花今年开得很旺，八大盆的鲜花把三个大阳台铺得满满当当，这是姥姥盼着的日子，平凡、普通、自由自在，想不开的事倒过来就想开了，不理解的人换个个儿就理解了……

放下笔，放下姥姥，出门走走。下雨了，没有带伞也继续往前走。

"雨呀、雪呀、风呀都是好东西，这么些个水从这么大的天上往下流，这不都是神水呀？浇雨的日子一年中才有几回？风里走走，雪里滚滚一生才有几回？人哪，不能光接地不接天，有天就有地，天地合一嘛！"

不识字的姥姥说的话就像天籁之声，我细细地品味着，慢慢地享用着。都是些早就明白的理儿，可也都是些常被欲望、诱惑遮挡住的理儿。

姥姥说："没有人的时候，把脑子拿出来在太阳底下晒晒，浑身轻快好多。人的两条腿不能走得太快，太快了魂儿跟不上。没有魂儿的人就常做错事、傻事。"

印度大诗人泰戈尔说："请你走慢点儿，等等你的灵魂。"

如果姥姥可以重生，现在该是一个两岁的嫚儿了，她新的九十九年还会是这样吗？她的语录还会是这些话吗？一定不会的！

时代造就一个人，这是任何人都不能规避的。于是我就想到了，姥姥其实是家家都有的那个老太太，"姥姥语录"也是家家的老太太都常说的那些理儿。

此书翻翻也行，不看也罢。

附录：姥姥最受用的智慧语录

一

"不用凡事都过秤，心到了，秤就准了，秤最公平。"

"人说话，一半儿是用嘴说，一半儿是用心说。用嘴说的话你倒着听就行了，用心说的话才是真的。"

"有一碗米给人家吃，自己饿肚子，这叫帮人；一锅米你吃不了，给人家盛一碗，那叫人家帮你。"

"麻烦别人自己心里是苦的，帮着别人自己心里是甜的。给人一座金山是帮，给人一碗水喝也是帮。你帮了别人，早晚人家也会帮你，不信你试试？这一辈子你试不出来，下一辈子你孩子也能试出来。"

"房子没有梁早晚得塌了，人要是没人帮着，你有多大能耐也活不起呀！"

"人的手不能轻易伸，只有一件事可以把手伸出来，救命的事儿！"

"人不可贪财呀，财是个狼，你贪它它就贪你，你吃它它就吃了你。"

"钱要花在有用的地方钱才值钱。"

"一人一个脑子，不好把自己的脑子往人家脑子上套。"

"管哪儿的肉皮都好撕开，就是脸皮不好撕。撕一块儿你试试？这一辈子脸上都有块儿疤。"

"吃哑巴亏的人心里都有数，沾哑巴光的人心里更有数。"

"后退的人都是暂时吃亏，给别人一条路就等于又给自己找了一条出路。"

"不管啥事你想不通倒过来想就通了，什么人你看不惯换个个儿就看惯了。"

"上后厨熬饭、切菜就不像在门口招呼人吃饭，来的人越多越好，你怎么喊都行，到后厨了还喊那就是个彪子（傻子）。"

二

"乐就是福。"

"糖稀越沾越厚，苦菜越洗苦水越少。"

"有苦也不是坏事，苦多了甜就比出来了。你吃一块儿桃酥试试，又甜又香，你再吃一斤试试？你那嘴呀就想找块咸菜往嘴里塞。孩子，别怕苦，苦它兄弟就叫甜哪！"

"不好吃的菜一人一勺就见盘子底儿了，好吃的馒头越蒸越香，越吃越有。"

"老天和你自己是一个人。你想想，啥事不是你自己心里那个老天说了算？所以有多大的福多大的苦都是自己弄成的，谁也别怨。"

"吃了一辈子小亏，占了一辈子大便宜……一辈子没有大幸福，小幸福一天一个。"

"心眼不好的人一辈子不知道什么是甜什么是香，一辈子不知道什么是满什么是足，就像吃了一把盐老得喝水，肚子里胀的全是气，气多了人能好受吗？你看老想害别人的那个人，脸都倒挂着，他不快乐啊。害别人最后都害了自己，帮别人最后都帮了自己，不信你去试试。坏人都是傻子，一辈子活得不快乐！"

"快乐你别嫌小，一个小，两个加起来，三个加起来，你加到一百试试？快乐就大了。你不能老想着一天一百个快乐，你这一辈子能碰上几个一百的快乐？"

"好日子得分着过。"

"老天是公平的，给你多少一定得拿走多少。你看挑担子的人，两头得一样沉才能走得远。一头沉一头轻你试试？走不了几步你就得停下。"

"人出卖了良心和得了心脏病差不多，心停停跳跳的，憋得慌呀。"

"心里有气、有怨说出来就好了，不管真对真错，别留着，留日子长了，就长在身体里了。"

三

"爱越分越多，爱是个银行，不怕花钱，就怕不存钱。"

"骨肉相连，分开了就出血。不信你试试？从骨头上剐下肉，你多快的刀、多高的手也剐不净。"

"不看看小的，不知道自己老了；不看看床上躺着的，不知道自己能坐着有多好。"

"国家和小家一样，先把人弄好了，啥就都好了。"

"聪明的婆婆对媳妇要比对儿子好……"

"父母帮着儿女，仨人都笑了；儿女帮着父母，仨人都哭了。"

"现在的孩子一人身上都穿了十件棉袄，那不把孩子烧坏了？一件棉袄他还知道啥叫暖和，穿多了就是害孩子。这不怪孩子，都怪大人。"

"不一定背着抱着就是爱，不一定给口吃的喝的就是爱。"

"借的粮食孩子吃了骨头是软的。"

"别小看那些不起眼儿的东西，有时候办大事的说不定就
是它。养孩子也一样，你别催着他长，催着他学。有人早长，
有人开窍晚，你耐住性子等着他就不白等。"

四

"盼望、盼望，盼多了、望多了，你那个盼望就能实现了。"

"日子得靠自己的双脚往前走，你看谁能帮你搬着你的腿
走路？你爹、你妈也不能。大道走，小道也得走，走不通的路
你就得拐弯，拐个弯也不是什么坏事，弯道儿走多了，再上直
道儿就走快了。走累了就歇会儿，只要你知道上哪儿去，去干嘛，
道儿就不白走。人活一辈子就是往前走，你不走就死在半道
儿上，你为么不好好走、好好过呢？"

"靠山山倒，靠人人老。靠来靠去你就发现了，最后你靠的是你自己。"

"自己不倒，啥都能过去；自己倒了，谁也扶不起你。"

"天黑了就是遇上挡不住的大难了，你就得认命。认命不是撂下（放弃），是咬着牙挺着，挺到天亮。天亮就是给你希望了，你就赶紧起来去往前走，有多大的劲儿往前走多远，老天会帮你。别在黑夜里耗着，把神儿都耗尽了，天亮就没劲儿了。孩子，你记着，好事来了她预先还打个招呼，不好的事咣当一下就砸你头上了，从来不会提前通知你！能人越砸越结实，不能的人一下子就被砸倒了。"

"管多么富裕都没有年轻富裕啊。年轻的富裕就是胳膊是胳膊，腿儿是腿儿，年龄大了富裕管个啥？眼也花了，牙也酥了，浑身都穷了。钱有的是，可身子穷了。"

"没有人的时候，把脑子拿出来在太阳底下晒晒，浑身轻快好多。人的两条腿不能走得太快，太快了魂儿跟不上。没有魂儿的人就常做错事、傻事。"

"在地底下埋的东西都是好东西，都是吃了有劲儿的东西，它往地里扎，那个力就是生命力。人也是这样，有本事的人都不是在表面能说会道，开个花几日就败了，扎个根儿人才能长久。"

"二十几块钱买个啥？买个吃的一会儿就吃完了，买本书吃一辈子。好的书下一辈儿又接着吃，上算。"

"念书的人不管长得么样，你仔细看都长得好看。书念得越多，人长得越俊。没念过书的人眼神是傻的。"

"平淡是真，普通是好，这都是懒人说的话。你去问问山顶上的人，他要是和你说实话，他保准说他这一辈子不后悔，下一辈子他还上山顶。"

"谁不普通？人一生下来就是个普通人，一个鼻两个眼，你见谁一天吃八顿饭？都是三顿饭。没有能力便罢，有能力为么不上山顶去看看？一辈子在山沟里转有么意思？哪有下辈子？山顶上看的东西和山底下看的就是不一样，半山腰都比山沟强。你问问那些能人，山顶上都有么？咱一辈子也想不到。人都是一辈子，可山顶上的人活的就是山底下的人的好几辈子。你没算算账？"

"心闲着闲着就麻了，麻了就跳得慢了，慢了就上床躺着，躺着就是心脏有病了。"

"明了理儿不照着去做就是个傻子，你和天对抗试试？天下雨了，你用多少盆儿、多少桶也接不住那些个水，房子淹了，你就得等着它自己退下去。谁有个本事不让天下雪？毛主席也不行。"